爱的哲学

雪莱经典诗选

[英] 雪 莱 著
江 枫 译

Percy Bysshe Shelley

中国文史出版社

图书在版编目（CIP）数据

爱的哲学：雪莱经典诗选 /（英）雪莱著；江枫译
. -- 北京：中国文史出版社，2020.10
（经典重现）

ISBN 978-7-5205-2608-1

Ⅰ.①爱… Ⅱ.①雪… ②江… Ⅲ.①诗集－英国－
近代 Ⅳ.① I561.24

中国版本图书馆 CIP 数据核字 (2020) 第 234253 号

责任编辑：金　硕

出版发行　中国文史出版社
社　　址　北京市海淀区西八里庄路 69 号院　邮编：100142
电　　话　010-81136606 81136602　81136603 81136605（发行部）
传　　真　010-81136655
印　　装　河北京平诚乾印刷有限公司
经　　销　全国新华书店
开　　本　880 × 1230　1/32
印　　张　9.875
字　　数　200 千字
版　　次　2021 年 1 月北京第 1 版
印　　次　2025 年 10 月第 4 次印刷
定　　价　58.00 元

序　言

——疯子雪莱，不信神的雪莱

雪莱（Percy Bysshe Shelley）①，如果活着，到今年②8 月 4 日就整整 200 岁了。当然，他早已作古，今年 7 月 8 日是他第 170 个忌辰。在世不足 30 周岁，却成了人类进步道路的开拓者之一，并且留下了丰盛而宝贵的文化财富。

《不列颠百科全书》在“泼西·毕希·雪莱”条下称他为“诗人、小说家、哲学家、散文随笔和政论作家，剧作家和改革家”。

然而，如果他不是诗人，作为写过他那样几部小说的作者，一定早已被人们忘记；而称他为哲学家也言过其实，因为他从不曾形成一套严谨的哲学体系，在哲学观点上，倒毋宁说是庞杂而且充满了矛盾：启蒙学者的唯物论、柏拉图的唯心论、斯宾诺莎的泛神论、卢梭的天赋人权说、潘恩的民主共和思想等等，他都兼收并蓄，威廉·葛德文的《政治的正义》更是他醉心的读物。为了认识和改造世界，他确实有过集诸子百家之长而加以融会贯通的雄心，但是做到的，只是从他们的著述中取其所需，

① 雪莱（1792.8.4—1822.7.8），享年 29 岁。

② 指 1992 年，译者江枫先生 1992 年时作此序。

又对各种主张都有所修正。他可以称为思想家，一个博学、多思的思想家。

然而，如果他不是诗人，他也不会成为一个影响巨大的思想家。而他最有价值的散文作品，是诗论；最成功的剧作，是诗剧；最持久的改革，也是一个诗人的改革。

对于作为诗人的雪莱，《不列颠百科全书》的评价是："在一个伟大的诗的时代，写出了最伟大的抒情诗剧、最伟大的悲剧、最伟大的爱情诗、最伟大的牧歌式挽诗，和一整批许多人认为就其形式、风格、意象和象征性而论，都是无与伦比的长诗和短诗。"

那最伟大的抒情诗剧，无疑，是《解放了的普罗米修斯》；最伟大的悲剧，是《倩契》；最伟大的爱情诗，是《心之灵》；最伟大的牧歌式挽诗，是《阿多尼》；至于那一整批无与伦比的长诗和短诗，则当然包括《西风颂》《致云雀》《云》《自由颂》《暴政的假面游行》，以及《生命的凯旋》。

雪莱的诗，无论长短，也无论是不是严格意义上的抒情诗，他的诗剧、叙事诗、讽刺诗、哲理诗，乃至于他的散文随笔和政论，无不具有浓郁的抒情韵味或抒情成分。他是世界文学史上少数最杰出抒情诗人之一。一个诗人，短短十年左右的创作成果，经历了一二百年的世事变迁，有那么多仍称得上是不朽而且毫不给人以陈旧过时之感的杰作，在世界文学史上是罕见其匹的。

雪莱，是一位伟大的天才诗人，然而，即使是天才诗人，也还是正如雪莱自己所说："和哲学家、画家、雕塑家、音乐家一样，在一种意义上是他们时代的创造者，在另一种意义上又是他们时代的创造物。”《不列颠百科全书》称雪莱所处的时代为“一个伟大的诗的时代”，应该说，同时也是英国和欧洲历史上一个重大转折的时代。

泼西·毕希·雪莱度过他短促一生的 18 世纪末到 19 世纪初的英国和欧洲，不仅在文学上，而且，甚至更重要的，是在政治、经济，以及社会思想上，都发生着急剧的变化，经历着全新的发展。

一般以法国大革命（1789 年）和英国议会改革（1830 年）为这一时期的起讫标志，其特点是：新兴的资本主义势力和保守的封建贵族之间进行着反复的较量，就英国而论，随着产业革命的继续深入，贫富分化加剧，资本主义固有的矛盾逐渐激化、贫苦劳动人民的自发反抗开始升上政治斗争的地平线。而在欧洲大陆，经历了革命与反革命的拿破仑战争，随着法兰西第一帝国的崩溃，被压迫民族的独立斗争风起云涌。在文化领域内，为资产阶级革命准备了思想条件的英国经验哲学和大陆的唯理主义学说继续处于主导地位，而在与机械论的论战中发展起来的辩证法和历史主义也在产生影响；“自由、平等、博爱”的口号仍有很大的动员力量，但是资本主义关系的缺陷和弊端已使它显得单薄和苍白，对于一个更美好社会的憧憬和追求开始吸引着不满足于现实的思想家和劳动群众，形成了后来马克思主义者所称的乌托邦社会主义思潮。

而在文学方面，以希腊古典作家为典范，以理性为最高准则，在政治上维护王权、宣扬个人服从封建国家，在创作上强调模式规范、追求语言典雅的新古典主义，缺乏动人的表演。在理论和创作上逐渐成为主流的，是标榜回归自然、追求个性解放、强调激情、重视想象、反抗传统、力求创新、对资本主义生活方式持否定态度，置理想于现实之上——由于理想不同，而又有消极与积极或保守与革命之别的浪漫主义。

而英国的浪漫主义运动，作为一个整体，在诗歌创作和理论上所取得的成就，形成了英国诗歌史上一个气势宏伟、群星灿烂的高峰，影响所及，超越了英国，也超越了欧洲。英国的诗歌发展史，在一定意义上，几乎可以区分为前浪漫主义、浪漫主义和后浪漫主义三大段。

雪莱，是在以布莱克、华兹华斯和柯尔律治为先驱的浪漫主义运动影响下成长起来的，然后，又成了这一运动激进的一翼——积极的或革命的浪漫主义的杰出代表人物之一。

但是，使得雪莱成长为这样一个雪莱的，除了时代的影响，还有这影响下他个人的独特经历和个性。他不足30周岁的一生，充满了磨难和不幸。正如鲁迅在《摩罗诗力说》中所说："修黎（雪莱）生30年而死，其30年悉奇迹也，而亦即无韵之诗。时既艰危，性复狷介，世不彼爱……客意太利（意大利）之南方，终以壮龄夭死，谓一生即悲剧之实现，盖非夸也。"

泼西·毕希·雪莱于1792年出生在英格兰萨塞克斯郡霍舍姆附近一个颇有名望的乡绅家庭。祖父毕希·雪莱广有家财，堪称豪富，在泼西出生后不久，又由于攀附当朝权贵诺福克公爵而被册封为从男爵。父亲提摩赛·雪莱，代表辉格党，在议会占有席位，他们都曾对这个外貌娟秀的长孙和长子寄予厚望。

但是，据留存下来的写于1800年的一首诗《猫》证明，早在七八岁的年纪，他就对旨在培养一个爵位和财富合格继承人的庭训深恶痛绝。

1804 年，12 岁，进入伊顿公学后，他便公然反抗被这座贵族子弟学校视为优良传统的“学仆制”，拒不承认高年级“学长”役使和凌辱低年级同学的特权。虽然他纤弱得像个女孩子，但是在被折磨得忍无可忍时也会，例如，用一柄削笔刀刺穿一名“学长”的手而把它钉在书桌上，以捍卫自己的尊严。在这里，他不久便获得了几乎伴随他终生的雅号：“疯子雪莱”“不信神的雪莱”。

1810 年 10 月，雪莱前往牛津，入大学学院。行前，父亲提摩赛曾以处世之道训诫儿子，据碰巧在场的麦德文记载：“（毕希）愿意生多少私生子他都乐于养活，但是，绝不宽赦一起门第不当的结合。……那位《札斯特罗齐》的作者只是以轻蔑的目光默默盯着他的父亲。”

在牛津，他只读了一个学期，第二年 3 月就被开除了。因为他和同学霍格撰写并印发了一个小册子《无神论的必然性》，而当学校查问时，他抗议追究，拒绝回答。

父亲要他认错以争取回校，他却坚持无错可认。从此，他便被逐出家门。不久，出于同情和侠义心肠，他和他妹妹的同学，一个自称不堪家庭虐待而向他寻求保护的酒馆小店主的女儿赫丽艾特·韦斯特勃鲁克，出奔苏格兰，在爱丁堡结婚。一个 19 岁的少男和一个 16 岁的少女这样一种仓促的结合，后来证明，对双方都很不幸。绝不宽赦这类“罪行”的父亲一气之下，断绝了对儿子的经济接济。

1812年初，他发现《政治的正义》一书的作者威廉·葛德文仍然健在，便写信建立联系，并且说，他正在撰写《法国革命未能造福人类之探讨》。

这时的雪莱已经以天下为己任，他要“解放全人类”。18岁以前就出版过一部诗集、两部传奇小说的雪莱，在19岁这年认为，和为亿万人民谋求自由幸福的事业相比，“艺术不是极次要的吗？”

1812年2月，雪莱在新婚的妻子陪伴下前往都柏林，要为解除1800年被英国强加给爱尔兰的“联合”和那里受压制的天主教徒的解放事业助一臂之力，作为“解放全人类”的一步。他在政治集会上发表演说，在通衢大道上散发他的《告爱尔兰人民书》和《成立博爱主义者协会倡议书》。他公开宣布，他的目标是“为爱尔兰、英格兰、欧洲和全世界带来和平、协调和幸福”，并且，“坦率而自豪地承认，我的原则，来源于导致美国和法国革命的那些伦理和科学上的发现。”

同年4月，回到英格兰，又向农民散发一份宣告政府无权，权在人民的《权利宣言》，因此仆人被捕，他本人也受到密探监视。不久完成而在1813年私自出版的长诗《麦布女王》，抨击宗教残酷、暴政肆虐，批判不劳而获，揭露贫富分化，而且，在否定传统婚姻的同时推崇无所拘束的爱。

到1815年为止，他主要的兴趣是哲学和政治。从这一时期的一批散文作品题目上可以看出他在关心什么，其中包括：《驳自然神论》《为自然神论辩护》《论爱》《论生命》《论来世》《论基督教》《形而上学断想》《伦理学断想》……和主张废除死刑的《论死刑》。

与此同时，雪莱夫妇之间在气质和志趣上的分歧日趋明显，以至到了 1814 年初，便形成了实际上的分居。之后不久，雪莱和葛德文的女儿，后来写出了《弗兰肯斯坦》等著作的玛丽一见倾心。但是在理论上鼓吹情爱自由的父亲却严禁女儿实践他的理论。7 月，雪莱第二次出奔，玛丽随同游历欧洲大陆，成了他此后短促人生志同道合的忠实伴侣。

1815 年 8 月，祖父毕希爵士死。父亲居然拒绝奔丧的儿子进入家门。父子间通过律师就遗产处置进行了谈判。如果接受要求，保证遵守长子继承法，他本可以成为一笔数额巨大的财产的单一继承人，但是他宁肯放弃这种权益也不接受在他看来是不公正的条件。

经济状况有所改善之后，他依旧由于接济朋友和贫苦邻人，特别是要为葛德文偿还他永远偿还不完的债务，而时常身陷拮据异常的困境。

1816 年 8 月，赫丽艾特由于和某一军人同居怀孕而投河自杀。这一消息仍使雪莱感受到沉重的打击，也许，还怀有某种歉疚。12 月，雪莱和玛丽正式结婚。从此，对于雪莱的迫害便纷至沓来。大法官甚至剥夺了他对前妻所生一子一女的监护权。《致大法官》一诗，便是他对暴政、宗教和社会不公的血泪控诉。

1818 年 3 月，像拜伦一样，这位值得英国人民骄傲的伟大诗人雪莱，为了健康，也为了避免更严重的迫害，带着玛丽和他们两岁的儿子威廉、半岁的女儿克莱拉，永远离开了他赤诚热爱的祖国，而开始漂泊在地中海滨、亚平宁山麓。

在意大利半岛度过的最后岁月，虽然一子一女的相继夭折使他哀痛欲绝，同辈诗人济慈的不幸早死触发了他至深的忧愤，但是，雪莱，处于逆境，从不悲观，屡遭不幸而对人类美好的未来始终满怀信心。他为全人类幸福的斗争继续不断，只是主要形式已经是写诗。

正是在意大利，他的创作进入了全盛期，许多不朽的杰作、名篇都是这一时期的成果。

《解放了的普罗米修斯》，塑造出了一个智慧、坚韧、慈爱的人类解放者的形象，歌颂了盗火者为了人类的幸福甘愿承受磨难的英雄主义精神，并且预言暴政必亡，黄金时代必然来临。

《暴政的假面游行》，历数专制暴政的黑暗和腐败，刚正而深刻，号召惨遭血腥镇压的劳动群众起而斗争，雄辩而有说服力。

哀悼济慈的挽歌《阿多尼》，缠绵悱恻，哀婉感人，在“假借悼念他人的不幸哭泣自己的命运”的同时，控诉现存制度的不公。

根据意大利一份档案材料创作的悲剧《倩契》，以惊人的现实主义笔力和莎士比亚式艺术手法，揭露了作为专制暴政与宗教结合体的教权统治的虚伪和残酷。

包括《西风颂》《云》《致云雀》在内的一整批长短抒情诗，更是传诵至今，而且通过各种不同的语言，在各种不同的民族生活中仍然是活跃的文化因素，以他将近二百年前感受到的忧虑和希望、喜悦和悲痛，引起各种不同肤色的一代又一代读者的共鸣。

凡此一切，对于一个年仅 29 岁的青年诗人，都不过是序曲初奏，但是，正当繁花盛开、硕果可期，他竟遽然长逝而去。

1822 年 7 月 1 日，雪莱在好友威廉斯陪同下，乘他自己的双桅船“堂璜”从勒瑞奇泛海前往莱杭，去同拜伦和刚从英国来的利·亨特商讨一个刊物《自由人》的创刊事宜，7 月 8 日午后返航途中，如鲁迅所说，“暴风猝起，益以奔雷疾电，少顷波平，孤舟遂杳”。

后之来者，有多少人能不为雪莱的不幸而黯然神伤！而在当时，除了妻子玛丽和火葬时默立火葬堆旁的拜伦、利·亨特和特列劳尼之外，为他哀悼、为他哭泣的，如果还有，也屈指可数。幸灾乐祸的倒不乏其人。伦敦一家报纸的一篇文章开头一句，竟然是：“雪莱，现在知道有没有上帝了。”他的父亲甚至以断绝生活费相威胁，禁止他的未亡人发表任何文字记述他的生平。

雪莱的骨灰埋葬在罗马，玛丽·雪莱（玛丽说是利·亨特）为他拟了两个词的墓志铭：Cor Cordium——众心之心。镌刻在墓碑上的，还有引自莎士比亚《暴风雨》的三行诗句：

> 他的一切并没有消逝，
> 只是经历过海的变异
> 已变得丰富而且神奇。

直到 1839 年雪莱夫人把他的作品整理汇辑，以《雪莱诗全集》的形式出版后，这颗英国和世界文学史上的煌煌巨星才逐渐得到越来越广泛的认识，而他的“语声，歌声，似雷霆挟着揭地掀天的暴风，穿越昨日的洞穴轰鸣至今，使压迫惊慌退缩，使宗教蒙上眼睛，……冲破时间和空间的帷幕”，鼓舞着普天下的进步人类。

雪莱抒情诗的魅力，不仅在于形象生动，语言清新，音韵优美，感情真挚而充沛，而且，也在于总是闪耀着一种崇高的思想的光辉。他确实是他那个时代的先进思想家。

马克思曾对他的早死不胜惋惜，说他在本质上是一个革命家，认为他会永远是一个社会主义的先锋战士。但是雪莱本人，却以一个“无神论者”（Atheist）、“共和主义者”（Republican）和“自由主义者”（Liberal）自居。

据他解释，他自称“无神论者”（即“不信神的人”），就像把对手抛掷在他面前的手套捡起来，以示接受挑战。作为拥护民主政治体制的“共和主义者”，则是因为“只要私心的一怒还能使大众捐躯，独夫的旨意还能成为统治的凭据”，“和平，温柔的和平”，就不会长久人世，人类就要为首领们的罪愆而受难，而流血。

至于“自由主义者”，雪莱确实称得上是一个彻底的“自由主义者”。他的诗篇中出现最多的一个词就是自由，他歌颂得最认真热情的就是自由。正如叶芝所说，雪莱的自由和美同义。

他的“自由”，是“智慧的先导”，是“普遍的爱、平等的正义、未来的希望、过去的荣誉”。在《暴政的假面游行》中，他阐述得更加透彻而通俗：自由，是“劳动者的面包”，“饥寒交迫大众”的“衣食和炉火”，是对于财主的“克制”，“是公正”，是摆脱迷信的“智慧”，“是和平”，“是爱”。

雪莱的自由概念大大超出了启蒙学者们所设想的范畴，已不仅是指免于暴政压迫，还包括免于宗教欺骗和“财富”的剥削。这种自由和他同样推崇的平等和博爱一样，内涵和外延都彻底到不能不意味着阶级消灭。当这种自由实现的黄金时代来临时：

……人类从此平等，
再没有国家、民族和阶级，
无须畏惧、崇拜、分别高低，
人人是主宰他自己的皇帝，
人人都温柔、聪明、正直。

而且，他把实现这一理想世界的希望，寄托在觉醒的被压迫劳动群众身上，因而反复号召：

像睡醒的狮子一样站起来，
你们的人数多得不可征服，
快摆脱束缚着你们的锁链，
像抖掉沉睡时沾身的霜露，
你们是多数，他们是少数。

他所向往，所追求的，实际上是人类由来已久的大同世界的理想，只不过他在诗中、在现实生活中，都旗帜鲜明地站在被剥削、被压迫的劳动者一边。如果说这就是社会主义倾向，使他成为先进思想家的正是这样一种执着而坚定的倾向。但是，他所倾向的“社会主义”，又显然和在他死后二十多年才出现的马克思主义社会主义不同：他不主张使用暴力，反对以暴易暴，不赞成任何一个阶级的专政，甚至主张宽赦敌人，尽管他在《伊斯兰的反叛》一诗中也写到了宽赦顽梗敌人的恶果，但在《自由颂》和《暴政的假面游行》中都表现了对于使用暴力的犹豫和基本上的否定。

雪莱的理想和他的导师葛德文相似：通过人类的道德完善改造社会。而葛德文强调教育和理性，雪莱更看重艺术和感情。于是雪莱，从政治斗争的第一线无功而返之后，诗，就成了他的武器，或者更准确些说，手段。

雪莱，和拜伦不同，他自有一套系统的诗歌美学观点——发表在未完成的《为诗辩护》和一些作品的序言和注释中。他的诗论，和他“解放全人类”的理想一致。

雪莱反对说教，但是十分重视艺术的社会意义，认为艺术的创造是根据正义和美的原则来促进生活的改造。诗人渲染高尚的情操，是为了引起读者普遍的激动，抒写对于美德的渴望，是为了唤醒人们对卑劣欲念不能相容的强烈感情。

他认为诗人是“真和美的导师”。

雪莱说：“诗是最快乐最善良的心灵中最快乐最善良瞬间的记录”，“一首伟大的诗，是一个源泉，永远泛溢着智慧和快感的流水……”包括《西风颂》《云》和《致云雀》在内的他的许多诗都具有这种品质。尤其《致云雀》，我以为，还可以被当作理解雪莱其人其诗的锁钥。

雪莱的《致云雀》，在赞颂云雀的同时，也写出了和这云雀时离时合的自我、诗人的美学理想和艺术抱负。《致云雀》在充分体现雪莱诗论精神的同时，几乎容纳了雪莱诗论的全部要点。

全诗共21节，从赞美开始，以感叹告终，层次分明，结构严谨。

据雪莱夫人回忆，这首诗是1820年夏季一个黄昏，雪莱在莱杭郊野散步闻云雀鸣叫有感而作。第一节写的似乎就是诗人当时最强烈的感受，其余各节都好像是由此而生发出来的。

称云雀为“欢乐的精灵”，是对云雀及其歌声总的评价，说歌声“来自天堂或天堂的邻近”，是暗示它欢乐而神圣，几乎等于说，此曲只应天上有，而“以不事雕琢的艺术倾吐衷心”则表达了从华兹华斯、柯尔律治到雪莱的共同信念，好诗应该是从心灵深处直接涌现的思想、激情、音响和形象。

第二节是全诗写得最实的一节，也是一切联想和想象的依据，写出了云雀从地面一跃而起的典型运动态势和边飞边唱的典型习性。三、四节，在描写云雀升上晴空迎接朝阳和以一系列欢快明朗的形象感染读者之后又把读者的思绪引回云雀的歌声。随即以星光的利箭、明月的清辉、彩霞降下的美雨之类视觉形象描绘优美的听觉感受。如果把明喻换成暗喻，就和现代“通感”技法十分接近。第八节，把云雀直接比作诗人：

像一位诗人，隐身

在思想的明辉之中，

吟诵着即兴的诗韵，

直到普天下的同情

都被未曾留意过的希望和忧虑唤醒。

他以“即兴”，再次强调好诗应是真情实感的自然流露，又以“思想的明辉”突出思想在艺术创作中的地位。最后两行则宣扬了诗人的神圣使命，也就是雪莱一再论及的“唤醒同情”，而以“未曾留意过”一语表明，诗人比一般人敏感，是“感受性最细致，想象力最博大的人”，应能揭示出常人熟视无睹或见所不及的真理。

随后，又把云雀鸣叫比作怀春少女为了“排遣为爱所苦的情怀”，唱出了“甜美有如爱情的歌曲”。这正是诗人的自况。他深爱人类而苦于缺乏知音，所以，他的许多抒情诗都是在因此而引起的抑郁状态下写出来的。

接着，他又把云雀和它的歌声比为飞萤与晶莹的流光、玫瑰与醉人的芳香，都像隐居深闺的少女，只闻其声，不见其形。体现了雪莱所说，诗人写诗并非自求闻达。下一节又以“晶莹闪烁的草地／春霖洒落的声息／雨后苏醒的花蕾”三个密集的形象带出三个概括性强而准确的形容词“明朗、欢悦、清新”，在一个更高的层次对云雀的歌声做出审美判断。

第十三节到十五节，探讨美的根源。雪莱认为没有高尚的思想、情操便无以创造美的艺术作品。他针对华兹华斯而写的讽刺长诗《彼得·贝尔第三》似乎就在于表明，诗人，一旦背离了正义的事业、高尚的思想和理想，其作品必然无聊。“赞婚的合唱”“凯旋的欢歌”之所以必定贫乏，是因为在他看来，传统的婚姻不过是人压迫人秩序的组成部分，而带来“凯旋”的战争和暴力本身则是“一切罪恶的根源”。

第十五节提出了艺术与自然的关系。雪莱认为，艺术应该是生活“惟妙惟肖的再现”。雪莱也非常重视想象，不过他的想象也来源于生活。在谈到自然风光、山川姿色、人间暴政、战争场景和人类各种文明成就时，他说：“我就是从这些源泉中吸取了我的诗歌形象的营养。”绮丽的浪漫主义之花也深深植根于现实生活的土壤。

第十七节谈到死亡。人们总以为一切生灵的痛苦莫过于死亡，而雪莱认为参透了生死真谛，便可以达到无所畏惧、无所挂碍的坦荡或自由境地。他认为有理性的人应该造福人类，这是生命的价值所在。而高尚的灵魂是不死的，只会像他在《阿多尼》中所说，回归它的本源而和“宇宙精神”合一，这时，死去的将是死亡本身。这也正是雪莱虽时刻预感死亡临近而始终乐观豁达的重要原因。

以下三节，体现了浪漫主义诗歌的共同特征：歌颂自然以反衬人类社会的邪恶和不幸，但也揭示了某种真理。

我们瞻前顾后，为了

不存在的事物自扰，

我们最真挚的欢笑，

也交织着某种苦恼，

我们最美的音乐是最能倾诉哀思的曲调。

读到此处，现实生活中的人们，能不产生共鸣？为一个充满苦难和罪恶的世界粉饰太平的莺歌燕舞，非但不美，而且丑恶。

第二十节对云雀歌声的美妙做进一步的概括描述，同时表明，艺术作品之所以美妙而富饶，是因为作者有不凡的品质，而高超的艺术技巧只能为不随波逐流，不媚俗邀宠，而勇于“鄙弃尘土”的艺术大师所用。

诗中使用了雪莱惯用的大量排比，但是仍然精练而毫无多余的重复，像《西风颂》一样，每一次新的或明或暗的比拟都进一步丰满了主题形象，都更深一层开掘了题材内涵。

《致云雀》，无一处不写云雀，也无一处不有雪莱的自我，像在其他诗篇中的雪莱自我一样，正如布兰兑斯所说，他的自我有大到足以拥抱全宇宙的胸怀。

雪莱说：“一切崇高的诗都是无限的，好像一颗橡实，潜藏着所有橡树。我们固然可以拉开一层层的罩纱，可是潜藏在意蕴深处的赤裸的美却从不曾完全被揭露过。”

《致云雀》《西风颂》《云》以及其他为数众多的雪莱抒情诗正是如此：清新俊逸、隽永耐读。

生前备受苦难折磨的“疯子雪莱”“不信神的雪莱”，死后获得的声誉和生命都更长久，活在不朽诗篇中的不朽雪莱，至今仍在人间，他的歌声依旧响遏行云，从未中断。

江枫

1992 年 7 月

目录
contents

少作（1800—1813）

早期（1814—1815）

1816

1817

1818

1819

1820

1821

1822

长诗

少作
（1800—1813）

猫[1]

一

　　一只小猫真痛苦，
　　确确实实不舒服；
善良的人啊我必须忠实告诉你，
　　（因为我是有罪的人）：[2]
　　　它在等着吃一顿，
以便填饱它那小小的猫肚皮。

二

　　你们不容易猜得出
　　折磨这世界各住户

① 这是现存雪莱最早的一首诗，作于1800年，当时他只有8岁。

② 据《圣经·创世纪》称，人类的始祖亚当和夏娃，经不起蛇的诱惑，摘食了知识之树上的禁果，懂得了善和恶，因此触怒了上帝，被逐出伊甸乐园。老祖宗罪孽深重，祸延子孙，所以，任何人都生而有罪，这就是所谓“原罪”。

所有各种样式的苦恼和痛楚；
　　和许多像魔鬼一般样
　　从可怜的灵魂到世上
就伴随着它们的灾难和邪恶。

三

　　有人但求能生活，
　　有人却在企盼着
某个老家伙趁早让路腾开道；
　　至于哪一项最好，
　　就要留给你猜了，
因为，我可不能假装我知晓。

四

　　有人爱把朋友交，
　　有人爱把杂耍瞧，
也有些人愿把清静的日子过。
　　有人要的是食品，
　　还有另外一种人，
同样是好人，要的仅仅是老婆。

五

　　这只可怜小猫咪
　　要的却是小耗子，
以便用它把小小的肚皮填个饱。
　　若是这样也不错，
　　某些人也用这吃货
塞满了他们的嘴巴不再总唠叨。

爱尔兰人之歌

灿烂的星星可以消失，光明的源泉
可以沉没于无边无涯的混沌和黑暗，
我们的大厦总要坍塌，大地会瓦解，
但愿你的勇气，爱林[①]啊，永盛不衰！

看！广阔的废墟在向四面八方伸展，
我们祖先的家园已掩埋在泥土下边，
我们的仇寇在我们的疆土纵马扬威，
我们英勇无畏的战士，却尸横原野。

啊，经常给人以欢乐的竖琴已沉寂，
啊，可爱祖国美妙的音律也告泯灭，
只有战争的喧嚣复起，戈矛的铿锵，
可怕的厮杀和呼号声仍在耳边回荡。

---

① 爱林：即爱尔兰，从12世纪下半期就开始受到英格兰的侵凌，1800年被英国强行合并，争取独立自由的斗争从未间断，雪莱曾亲往支持。

英雄们如今都何在？啊，虽死犹生，
血泊之中，倒伏着他们痉挛的躯身，
也许呼叫着的阴魂正乘横扫的风暴，
不住声地呐喊：“复仇啊，我的同胞！”

战　争①

如今野心、权力和贪欲携起手来，
把死亡和毁灭投给这流血的世界。
看吧！无数的死难者尸横荒原，
听吧！凄厉的号叫声响彻云天；
报复的怒火无疑是这场灾难的起因，
从拥挤的人生舞台扫荡了万千生命；
请听一位垂死英雄的呻吟、呼唤，
弥留时的最后痛苦使他阵阵痉挛；
一片病态的酡红仍掠过了他的脸颊，
用临终的奄奄一息他仍开口说了话：
“哦上帝！我的妻子和儿女——哦君主！

① 1789—1794年的法国资产阶级大革命，对欧洲各国封建君主的统治构成了致命的威胁，他们便联合起来组成反法同盟，从而（主要）在欧洲展开了一系列革命与反革命的战争。在保卫革命成果的战争中地位不断上升的法国革命军指挥官拿破仑，于1799年通过政变建立了以自己为皇帝的法兰西帝国。到这首诗发表时的1910年，这个帝国已几乎控制了全部西欧（除了英国）。拿破仑在破坏被占领国和地区的封建基础的同时，也带来了民族压迫，于是又有了争取民族解放的战争。战争成了广泛而深刻地影响着欧洲各国人民生活的现实因素。当时的英国政府所鼓吹和筹划的，则是以扑灭革命为主要目标的反法战争。

为了维护你，这里躺着我衰弱的身躯，
为了维护你，我流血在这遥远的异乡，
请以家人的幸福作为战士应得的报偿。
他听不见我的呼告，啊，君主从来耳聋，
充满私欲的话已使他怠惰的听觉失聪。
哦，上帝，我也就只能向你投诉，
你不至于对痛苦的恳求不屑一顾。
哦，我就要死去！临终的剧痛却已告终。
上帝听到了我的祈祷，我们已再次相逢。”
说完，就在他的灵床——血染的疆场上卧倒，
一声惜别的呻吟，灵魂离开了躯壳。
　哦，人类的压迫者啊——万恶的根源，
由于你们，才有这滚滚而来的灾难，
由于你们，多少个母亲痛哭不休，
为了儿子，未及人生的中途就被夺走；
由于你们，多少个寡妇含辛茹苦，
流着眼泪，默默哀悼死去的丈夫！
　“难道这就是你的恩惠，万能的神明，
让滔滔不绝的悲泪迷蒙住这些眼睛！
难道这就是你那强大无边的权威
所缔造所认可（否则就永远不会
脱离无形的混沌而出现）的制度？哦不能，
请宽赦，哦，苍天，悲痛已使我头脑发昏。”

不能，他从不赞成战争的嚣张，
他从不欣赏那黑暗地狱的猖狂，——
人世间的君王啊，这是你们的罪孽，
是你们的罪愆在使你们的臣民流血。
啊，命定的神圣的一天何时来临，
人类不致再受辱于首领们的罪行；
不再把野心、虚荣、傲慢和财富放在眼里。
昂首、挺胸、无畏、敢于和仇寇分庭抗礼？
啊，这样的一天何时才能来到，
大地不再为死亡和荒凉所笼罩？
何时太阳又对不见血迹的原野展露笑容，
战士们强劲的手臂重新又把镰刀挥动？
但是，只要有一个冷酷的君王野心不死，
还在为征讨、杀伐制定无尽无休的诡计；
只要私心的一怒还能使大众捐躯，
独夫的旨意还能成为统治的凭据；
支配和奴役的欲望充满他癫狂的心胸，
眼看着万千生灵的泯灭而无动于衷；
可以为了争得他所孜孜以求的一草一芥，
而不顾他人是死是活——那一天就不会到来。
君王又是什么？——我见过战栗的人群，
我听过他们发出虚假的欢呼声响遏行云，
他们严峻的压迫者绽露出片刻的欢颜，

但是，君王的笑像四月的阳光一样短暂——
君王只是粪土——神圣的一天终会来到，
人类将一律平等，君权的统治将瓦解冰消。
君主手中所持的王笏将被剥夺，
血腥的剑将从武士的掌中失落。
　哦，和平，温柔的和平，何时来归，
难道你美妙的丽影果真一去不复飞回？
你是否带走了爱，带走了和睦？仿佛，
这世界失却了你，它们也就无法留驻？
啊，也许正是这样，因为它们再不露面，
麻痹的大地上如今只有疑惧在阔步向前，
率领着战争、灾难和恐怖鱼贯而行，
在厮杀的原野稍事逗留，听了一听，
便掠过血染的沙场风驰电掣而去，
把可怕的作业留给了死亡和地狱。
瞧！从远处嗅到了杀戮的血腥，
血污的毁灭驱动血污的车辇来临，
留下混乱和破坏以标示它疯狂的作为，
便去把匆忙的疑惧的迅疾的步履追随；
而城市的浓烟和村镇的废墟在告诉你，
地狱的业绩，君主啊，就是你的业绩。
“这就是你的业绩”，我听到有声音在复述，
这声音震撼了你那血腥宝座的广阔基础。

寡妇的呻吟，应和着孤儿的叹喟，
正使你罪恶的王权结构摇摇欲坠——
“君主啊，这就是你的业绩，”如今这声音，
虽然越来越变得微弱，但已传遍了人境，
志士的耳朵仍能从模糊的语声中听出，
苍天已经对地狱的猖獗感到十分震怒，
无须很久，就要把那万恶的根源清除，
还给世界以本来的和平、爱情和淳朴。

假托为 1786 年谋刺英王
未遂的玛格丽特·尼科尔逊
《遗稿》之一，发表于
1810 年 11 月。

魔鬼出行

歌　谣

一

有那么一天黎明前的凌晨，
　别耳济巴布[1]起身下了床，
打扮他迷人的仪容真用心，
　披上了过礼拜穿的衣装。

二

穿一双靴子，藏好他的蹄子，
戴一副手套，藏好他的爪子，
　再用一顶礼帽，藏好他的犄角，
一路走去衣冠楚楚活像个花花公子，

① 别耳济巴布：魔鬼。

和邦德街[1]头所见不差一分毫。

三

早在昏暗的大地破晓以前，
　魔鬼已在伦敦城里坐好，
和他宠爱的一个小鬼开始说地谈天，
谈这、谈那，也谈宗教、丑闻和流言，
　直到灿烂的晨光普天照耀。

四

于是他前往圣詹姆士宫廷，[2]
　又顺路来到那圣保罗教堂，[3]
和每个圣徒他都深有交情，
　虽然他们拘谨，他却放荡。

① 邦德街：伦敦著名的繁华街道。因托马斯·邦德而得名。这位爵士自1688年开始着手这条街的建设。

② 圣詹姆士宫廷：都铎王朝亨利八世（1509—1547）所建，为此后的英国历代国王所用。圣詹姆士宫廷是英国宫廷对外派出使节时对自己的正式称谓。

③ 圣保罗教堂：伦敦主教所驻的大教堂，建于1675—1710年。

五

这魔鬼对农耕之道颇有研究，
　不过，既然卑劣的莠草长势良好，
当他放眼眺望庄田的时候，
　也就不会发现任何理由值得心焦。

六

他窥探每一个洞穴，溜进每一间房舍，
　去视察那些前程似锦的牲口；
他龇龇牙以示赞赏，伸出爪子聊表问候，
它们竟惊惧退缩，虽然乐于为他奔走，
　却怕见他那狰狞恐怖的丑陋。

七

撒旦[①]把红红的鼻子伸进一道道缝隙
　去探望一只只可怜的绵羊，
人们会认为这些天真无邪的宝贝，
只是在整理衣衫，或是安排舞会，

① 撒旦：魔鬼。

魔鬼却从中看出了深奥的文章。[①]

八

有一个牧师正在祈祷，这一位
　　亲昵地坐到了他的身旁，
牧师宣布，如果魔鬼来到这里。
　　他牧师就绝对不能忍让。
啊啊，老尼克[②]在内心暗暗自语。
　　这纯属陈腐的骗人花腔，
邪恶的宠儿啊，如果没有我伴随，
　　你都不愿驾车出门游逛。

九

撒旦又见到一个没有头脑的国王，
　　他的宫廷像冥府一样热得发烫，[③]
许许多多小鬼在四周，摇着旌旗，
扭动着螫人的毒针，拍舞着翅膀，

---

① 以上三节大意：魔鬼对邪恶的势力和事物是大力培养，十分欣赏，却喜欢并善于从善良无辜者的正常活动中“发现”异常。

② 老尼克：魔鬼。

③ 西方传说，地狱里燃烧着硫黄的烈火，因而热得发烫。这里是把英国宫廷比作冥府。

　簇拥在至尊的黄金宝座近旁。

十

啊啊，这牧场不坏，撒旦暗自盘算，
　我的牲口在这里定会比别人的兴旺，
大嚼人类鲜血的新闻作为正餐，
　吞咽垂死者的呻吟权当晚饭，
不填满肚皮从不上床去睡眠，
　会使他们肥得和那些弟兄一个样：

十一

肥得像那群恶魔一样，他们的营养，
　是西班牙原野温热新鲜的血浆，
　　毁灭在那里开辟血腥的道路，
大地的嫩苗含苞未放就被寒霜冻僵，
　　胜利者在那里赢得一座地狱，

地狱的光荣是屠刀下死者的报偿；[1]

十二

肥得像爱林海岸上的死亡之鸟
他们吃饱了她那珍贵无比的血膏，
又在卡瑟尔瑞[2]四周盘旋，
争抢着他从寡妇疯狂抱紧的胸膛
夺过来的一颗颗爱国志士的心脏，
黎明到来时便仓皇逃窜；

十三

肥得像坟墓里的蛆虫。
他们在黑暗中度过短促的一生，

---

① 当时，在拿破仑法国统治下的西班牙，反法斗争遍及全国，十分激烈。这一斗争又和反对国王斐迪南七世的封建统治结合在一起。1808—1813年进行了第一次资产阶级革命，在未被法军占领的区域内实行改革。1810年，西班牙资产阶级和自由派贵族在人民运动推动下组织政府；1812年3月在布迪斯举行临时会议，通过宪法，实行君主立宪制。但封建势力仍十分顽固。因此，诗人说胜利者赢得的是一座地狱，不仅仅因为西班牙部分地区尚处于拿破仑统治下，而且因为经过战乱，即使在实行改革的地区，人民仍然生活在苦难中。但是毕竟取得了初步胜利，勉强可以告慰于死者。

② 卡瑟尔瑞（1769—1822）：英国反动政治家。1799—1801年任爱尔兰事务大臣，强使爱尔兰议会通过了与英国合并的法案。后任外交大臣，是反动的反法“神圣同盟”的重要组织者之一。积极参与镇压国内外进步运动。

在腐败的脏物里拱动，
　啃啮一阵，然后又爬行一阵；

十四

肥得像亲王脆弱的脑子，
　镀金的玩具害得他神魂颠倒，
又像宠坏了的孩子，厌倦时
　把糖果给了人，又哭着往回要。

十五

由于肥胖，他那花哨的背心，
在上朝的日子里想要扣紧，
　也难从肚皮两侧把它扣上；
他那条裤子，像两半个月亮，
　紧绷在膘肥肉厚的屁股上。

十六

他那空虚的心胸，空虚的脑壳，
　能容得下极大一堆牛肉，
填满一次，二十个小伙子吃也够，

　　可以撑得那裤缝裂开口。

十七

那魔鬼（有时，被称呼为本性）
　　对官绅权贵喂养得十分周到，
从他们的一举一止，一笑一颦，
　　都可以看出他们祖先的容貌。

十八

撒旦又看见一位律师，
　　把爬上餐桌腿的毒蛇杀死，
不可思议地使他想起
　　圣经上该隐和亚伯的故事。[①]

十九

像个富农在肥沃的田间游逛，
　　面对肥壮的牛羊遐思冥想，

① 故事见《旧约·创世记》。据说，该隐和亚伯是亚当的长子和次子，该隐由于嫉妒而杀死了他的弟弟。这里把律师和毒蛇比作亲兄弟。

算计着准有把握到手的进项，
　　常常爱把小曲儿信口哼唱；
这魔鬼在人世间四处浪荡，
　　也常常哼着地狱里的唱腔。

二十

因为只要穿上沾满鲜血的外衣——
　　那魔鬼最欣赏的仆役服装，
只要善于从贫困的雇工们手里
　　夺取他们勉强糊口的食粮，
把无家可归的流浪汉的衣物用具
　　添加在豪富的锦衣玉食之上，
　　就一定能够做到腾达飞黄。

二十一

大主教飞黄腾达，尽管他肥胖硕大，
　　大律师炙手可热，尽管他羸弱瘦小，
因为每一身法衣，每一头假发[①]底下

---

① 戴假发是英国18世纪初安娜女王（1702—1714）时期的风尚。到了19世纪，议长、法官和律师仍戴假发，这是礼仪的要求，也是他们身份的标志。

　　都藏着地狱里屡试不爽的登龙诀窍。

二十二

所以猪猡从不被认为干净，
　　尽管他们吃着精选的细粮，
水老鸹总是瘦得异乎常情，
　　尽管他们从天黑吃到天亮。

二十三

哦，为什么地狱之父竟这样欢欣，
　　大嘴咧到了两边耳朵根？
为什么他蹦蹦跳跳又飞眼又扭身，
　　又拍翅膀又捻吸血的针，
　　兴高采烈把衣服脱干净，
　　　　居然敢于现原形？

二十四

原来遇上了一位政治家，只有当着他，
　　魔鬼才敢把全部形体都展现，
让这人看他的脸，看他的爪子和脚丫，

　确信他忠贞的爱情永远不会变。

二十五

这熟悉的信号，这可喜的景象，
　使企盼着的冥界魔怪心花怒放，
他们立即拍舞起他们的翅膀，
　飞在空中，扑向他们的君王。

二十六

苍白的忠诚（一顶顶血腥的桂冠
　　戴在他罪愆累累的额头上）
和一群永远饥肠辘辘的地狱恶犬——
　谋杀、贫困和忧伤，一拥而上；
撒旦曾为他们到西班牙去筹过粮，
　那就是人类的鲜血、人类的悲怆。

二十七

听啊，我听到了地震的轰鸣，
　征服者胆战，国王们心惊，
暴徒恶棍在惶恐中抖个不停，

他们的撒旦已不别而行。

二十八

这一天大鬼小鬼举行狂欢大会，
庆祝他们的君王出行归来，
个个笑逐颜开，喜看地狱的主宰
焚毁固若金汤的地狱疆界。①

二十九

但是，如果那魔鬼的观察
能有理性的那么敏锐，
我想，这一身硫黄味的陛下②
就会发现没有理由欢悦。

三十

因为理性的门徒③已在努力，

---

① 疆界被焚毁，人世和地狱之间就没有遮拦，也无所区别。

② 一身硫黄味的陛下，指地狱的君王——魔鬼，也可以认为是指喜欢玩弄战争和迷信武力的国王。

③ 理性的门徒，指那些服膺理性而反对封建统治和宗教迷信的斗士。

不等命运走到它的终极，
就要使这虚伪的暴君面无血色，
像他怯懦的灵魂一样苍白。

（1812 年）

早期
（1814—1815）

写在布雷克耐尔

你的泪容尚铭记在我的深心，
　柔声蜜语仍在搅动毒鸩，
你打扰过我仅有的和平宁静，
　那曾经是绝望的一部分；
倘若是顺从本分严厉的拘束，
　我原可任凭命运的摆布，
禁锢我残破灵魂的枷锁似痈疽
　折磨，却未能使它降伏。

（1814 年 3 月）

无　常

我们恰似荫蔽午夜明月的朵朵浮云，
　发光、颤动、疾驰，何等活跃，
给黑暗划出明亮的条纹，然而转瞬，
　夜幕收起，也就从此影失形消。

又似被忘却的琴，参差不齐的弦索
　给多变的振动以多变的响应，
在这脆弱的乐器上，任何两次弹拨，
　都奏不出同一种情致和声韵。

我们入睡，一个梦就足以毒害安息，
　我们起身，一念遐思又会败坏一天；
感觉、构思、推理、欢笑或是悲啼，
　抱紧心爱的灾难，摈弃恼人的忧烦：

全都一样！因为不论是喜、是恼，
　离去的衢道，永远开敞；
人世间的明日绝不会雷同于今朝，
　万古不变的，独有无常。

（1815 年）

死　亡

在你前往的坟墓里，既没有工作，也没有计谋、知识、智慧。

——《传道书》

在黎明射出无可置疑的曙光以前，
暗黑的夜空中划过流星一点，
向着汪洋大海环绕的一座小岛
倾泻下苍白、寒冷、月光似的微笑，
这就是生命的光焰，易变而且暗淡，
照着我们的脚直到举步的力量耗完。

哦，人啊！继续鼓起灵魂的勇气，
穿过人世道路上狂乱的影子，
在你周围汹涌如潮的阴云迷雾
将在奇妙的一天明光中睡去。
那时天堂和地狱都将给你以自由
听任你凭意愿前往那命运的宇宙。

这世界是我们一切感觉的母亲，
这世界是我们一切知识的乳母，
对于并非钢铁神经构成的心灵，
死亡到来的那一击，十分恐怖，
那时我们所知、所觉、所见的一切
都要像虚幻的奇迹一样消失泯灭。
那时坟墓里隐秘的事物成为真实，
除了这副躯壳，一切都必定成立，
虽然那神奇的耳朵，精明的眼睛
再也没有能力去看，去听
广阔无垠、变化无常的王国里
那伟大的一切，那新奇的一切。

谁能讲述无言的死亡的故事？
谁能揭开遮掩着未来的帷幕？
谁能描绘那挤满尸体的地底
迷宫似的墓穴里黑影的画图？
是谁，把我们对于明日的希冀
和对眼前事物的爱与惧结成一体？

（1815 年）

致——

依旧看着我——别把眼睛移开，
　让它们继续享宴我眼睛中的爱，
这爱其实也不过是你自己的美
　在我的灵魂深处反射出的光辉；
依旧对我说话——你的声息
似我心声的回音，我以为我听见
　你说你仍爱我，而你却是自语，
像面对镜子的人，只关心那里面
你自己的容貌，并未对别人留意，
而我依旧在消耗着生命注视着你，
　这是一种苦役，有时却也甜蜜，
我厌烦时你对我确实亲切而怜惜。

（1815 年）

致华兹华斯[1]

讴歌自然的诗人，你曾哭泣着领会：
人世间的一切一旦离去，再不回还；
童年、青春、友谊和爱的最初光辉，
像迷人的梦相继飞逸，留下你悲叹。
这类哀愁我有同感，但有一宗不幸，
你虽也意识到，却只有我独自哀悼。
你曾是一颗无双的星，以你的光明
把寒冬深夜怒涛中飘摇的小舟照耀，
你曾超越于盲目、倾轧的滔滔人海，
岿然屹立，似济危避难的石筑楼台；
在高尚的贫困中你把呼声编织成歌，
奉献给真理，奉献给自由——然而，
你却竟然舍弃了这一切，使我忧恻，
至今就是这样，但愿你改弦而易辙。

（1815 年）

① 斯威廉·华兹华斯（1770—1850）：英国 19 世纪“湖畔派”浪漫主义诗人。法国大革命初期，他曾强烈同情革命；但是后来，他变得极其保守。1843 年以后，他成为领取英国宫廷津贴的桂冠诗人。

无　题[①]

一

阴冷的大地在低处安眠，
　　阴冷的天空在高处发光。
夜的气息，像死亡，在沉落的月亮下
　　发出的音响令人寒战，
　　从冰窟到雪原，
　　　　到处流荡。

二

冬季的篱垣是黑色的，
　　碧绿的青草不见踪迹，

① 这首诗于1823年被雪莱夫人首次发表时，写作时间标为“1815年11月”。已经有许多人认为：这首诗是为1816年11月9日赫丽艾特（雪莱的第一个妻子）投河自杀而作的；故意把写作时间标为1815年，和诗中“乌黑的头发”一样，都是掩饰之词。（赫丽艾特的头发是浅棕色的。）

鸟儿栖息在枝干裸露的荆棘的怀抱，
　　路边的树根纠缠交接，
　　联结着它们之间的那些
　　　严寒冻成的龟裂。

三

　月亮的明光就要熄灭，
　　你的眼睛被照得发亮；
像懒懒的河流上空一丛暗淡的磷火，
　　月亮在那里发出朦胧的幽辉；
　　你乌黑的头发在夜风中翻飞，
　　　月光把它染黄。

四

　月亮照得你的双唇惨白，
　　野风吹得你的胸脯冰凉，
夜把凝冻的露水倾泻在你秀美的头上，
　　你躺着的地方，亲爱的，
　　赤裸苍天的辛酸气息
　　　随时可以来访。

（1815 年 11 月）

1816

赞智力美[1]

一

有一种不可见的力量威严的身影，[2]
　虽不可见却飘浮在人群中，
　翅膀似夏季花间潜行的风，
凭这多变的翅膀访问纷乱的人境；
像透过山巅松林的月色闪烁不定，
　　用闪烁的目光巡视人们
　　每一张面孔，每一颗心；
像黄昏时分的色彩与和谐的声音，
　　像星光下铺展开的云霓，
　　像对逝去的音乐的记忆，
　　像由于美而可爱的一切，
又由于它的不可思议而更珍贵可亲。

① 这是一曲对理性的赞歌。诗人在这首诗里颂扬智力、抨斥迷信，认为真正的神是智力高度发展的人——不死而且万能。

② 诗人认为人类已经发展的智力，不过是智力的影子。

二

美的精灵[1]啊，你在哪里？是你以
你的色彩把神圣光辉赋予
　你照临的人类思想和形体。
　为什么抛弃我们的国家悄然离去，
使这阴暗的泪谷陷于荒凉、空虚？
　　请问，为什么太阳光不能
　　永远在山川上空编织彩虹？
为什么显现过的事物一定会凋零？
　　为什么恐惧和梦和死和生
　　要给人生的白昼蒙上一层
　　阴影？为什么人类会容忍
希望和沮丧和爱憎拥有这样的权能？

三

从不曾有谁从某个崇高处所用话语
　回答过贤哲或诗人这些提问；
　于是妖魔鬼怪和天庭的名称

---

① 精灵：是雪莱爱用而且用得很宽泛的一个字眼。可以是指精神，某一抽象概念的拟人，各种事物的“灵魂”；也可以是如字面所表示的精怪、神灵。除有修辞的意义外，也反映了他的泛神论观点。

就成了始终是他们徒劳努力的记录，
脆弱的符咒被虚夸的神通却无助于
　　把那些偶然、变化和疑问
　　排除出我们的所见和所闻；
唯有你的光辉能像漫过山岭的薄雾，
　　像夜晚的清风从宁静的
　　琴弦间吹送出来的音乐，
　　像深夜溪流上空的明月，
把美和真带给人生之梦不安的境域。

四

自尊、希望和爱情，像蓝天上的行云，
　在借得的短暂时光来去匆匆；
　人，该会不死而又无所不能，
只要陌生而可敬的你和你的光荣随从[①]
在他的心灵上建立起自己牢固的王廷。
　　爱的共鸣在情人眼中时亏时盈，
　　是由于你充当信使，传递同情——
你，像黑暗能使将灭的火焰焕发明光，
　　你是人类思想赖以存活的营养！

① 光荣的随从，是指智力高度发展所取得的光辉成就。

不要离去，你的影子既已来临，
不要离去，免得那坟墓也变成
黑暗的现实，变得和生活和恐惧一样。[①]

五

当我还在童年，我曾经为了寻找鬼魂，
奔走着穿过多少静室、洞穴、废墟
和星光下的丛林，迈着战栗的步履，
追求着和死去的人们高谈阔论的可能，
呼唤着自幼灌输给我们的有毒的名称，[②]
却没有谁听我，我也不见他们——
当生机蓬勃的万物从梦中苏醒，
和清风调情，带来花放鸟鸣的音讯，
就在这样甜美醉人的时光，
我为人生的命运沉思默想，
突然，你的身影落到我的身上，
我尖声高呼，在狂喜中把双手抱得紧紧。

① 诗人痛恨他所处的社会，认为生活是黑暗，是不安的梦境，而埋葬这一切的“坟墓”，则是对黑暗的否定。如果没有智力的发展，不凭借理性，就只能是以黑暗代替黑暗。

② 有毒的名称：指妖魔、鬼怪、天神之类毒害正常智力的概念。

六

我曾经宣誓，要为你和为你的一切奉献
　我的力量——难道我不曾恪守誓言？
　此刻，怀着急跳的心，睁大流泪的眼，
我召唤成千时辰的幽灵走出各自阴暗
沉寂的墓穴，他们在我想象中的幻境——
　　在求知的热忱或爱的喜悦的亭榭，
　　曾经和我一道守候过嫉妒[1]的黑夜；
他们知道，没有一宗使我快慰的欢欣
　　不和这样的希望联结在一起：
　　你啊令人崇敬的美，一定会
　　使这个世界摆脱蒙昧的奴役，
给人类带来这些言辞难以描绘的美景。

七

中午过后的白昼会更加庄严、安谧；
　金秋降临时，天空中会出现
　一整个夏天都看不到听不见，
似乎不可能发生，也确未发生过的

① 嫉妒：在这里是不愿意或不舍得让别人得到好处的意思。

和谐的音响，异样的光辉；也请你
　　让你的力量，就像把自然的真谛
　　在我无为的青春时日向我揭示，
把安详和镇定给予我生命的进取期，
　　赐给这崇拜者吧，他崇拜你，
　　也崇拜包含有你的一切形体，
　　哦，美的精灵，是你的魅力
使他畏惧[①]他自己，然而热爱着全人类。

（1816 年夏于瑞士）

① 畏惧：在这里有不放心的意思。诗人认为：自我中心，自私自利都是违背理性的，因而他极端仇视保障最狭隘的私利的封建等级和君王专制，而热爱人类多数。

1817

玛丽安妮的梦[①]

一

有个苍白的梦来找一位好姑娘，
　它说，赏光吧，请你赏光！
我知道天空中各种各样的奥秘，
　和日光下消失踪影的东西，
我能使熟睡的人们看见它们，
只要愿意给我以充分的信任；

二

只要允许我在你眼睑之间停歇，
　在以睫毛遮蔽乌黑的眼睛、
有着青色纹理的眼睑之间稍息，
　就可见到从未见过的情景。

① 玛丽安妮：诗人兼评论家利·亨特的妻子，这首诗是根据她叙述的一个梦写成。

一半抱着希望，一半怀着恐惧，
这位姑娘把明丽的双眸合起。

三

起初是成群的各色僵死的形体
　被驱赶着穿越过她的梦境，
在那穹庐般广阔浩大的天空里
　气势狞恶的乌云滚滚运行。
这位姑娘一直在偷偷地张望，
金色的太阳是否在高处发光。

四

当她回过头来远眺着东方高空，
　日出的霞光已点燃在那里，
她看见就在那明媚的展曦之中，
　一只巨大的黑锚正在升起。
不论她再把目光掉转向何方，
总看见黑锚高高悬挂在天上。

五

湛蓝的天空像夏季湛蓝的大海，
　空气里要多安静有多安静，
苍穹深处看不见有一丝丝云彩，
　也没有惊人的景象或声音，
只有那巨大的黑锚依旧飘动，
在青松覆盖的东方山峦上空。

六

见到那飘浮着不散的黑锚形影，
　姑娘逐渐感觉到恐惧不安，
她遮上她的眼睛，低沉的声音，
　像是冲撞的声音随即出现；
于是她又睁开眼睛四下张望，
想知道是什么发出来的音响，
或者只是血液在脉管中流淌。

七

看不见太阳的空中出现了迷雾，
　像在地震威慑下不断发颤，

但是鲜花盛开的草原安谧静穆，
　那一块块雄伟的巨石岩
也牢固地屹立着，巍然高耸；
空中的黑锚却已经无影无踪。

八

四周围矗立着巍峨峻峭的山岭，
　像金字塔一样的叠嶂重峦，
峰巅被时断时续的云层所遮隐，
　在这连绵不断的墙壁之间
有两座宏伟的城池焕发光芒，
半圆形的屋顶在红雾中摇晃。

九

两座塔堡林立回环拱卫着的城，
　屹立在两座令人生畏的山岭，
关切幼雏安全的山鹰也不肯
　营巢在它们高得眼晕的峰顶，
崇楼连着高塔壮观而又奇异
雕梁配上画栋豪华并且壮丽，
人世间的艺术永远难以比拟。

十

一根根圆柱，白色大理石制成，
　宏伟的殿堂，圆形的屋顶，
鳞次栉比，还有一座座凯旋门，
　全都灿烂辉煌，别具匠心，
不可能出自凡俗的斧凿之工，
巍然屹立在深川峡谷的上空，
在本身的华美光彩之上高耸。

十一

但是这姑娘仍听见冲撞的响声，
　在远方充满了广阔的空间；
以自身的光辉照临山峦的雾阵，
　也依旧在持续不断地抖颤，
以至使得这位姑娘心跳急促，
当她半怀着恐惧半怀着欢乐，
向那些圆形的屋顶遥遥瞩目。

十二

突然间，从那座山城中迸发出

　使大地转变为红色的光流，
两簇烈火，以它们各自的火舌，
　舔着那些圆形屋顶的塔楼，
似暴雨自空而降的熊熊烈焰，
洒落在雄伟的殿堂塔堡之间，
像火山燃硫的熔岩喷洒平原。

十三

啊听！仿佛海洋突破了疆界；
　她转身向后看去，见到了
越过那西方险峻的峰峦、山崖，
　汹涌澎湃的浩荡洪流巨涛
正穿过宽阔曲折的山谷奔来。
她并不畏惧，只在内心独白：
很清楚，那些楼堡属于自然，
为拯救它们，她召来了大海。

十四

这时，奔腾咆哮的惊涛骇浪，
　来到了这姑娘所在的地方，
喧闹着汇集一起的野性狂澜

　把她托向那暴雨般的火焰，
就凭借着一块小小的木板，
涡流托载着她回旋、往返。

十五

每一座圆形屋顶，每一座塔楼，
　都有烈焰凶猛地向外喷射，
广阔、凄惨的火光向着那洪流
　和洪流上漂浮的泡沫倾泻，
在天国之光被污染的区域内，
浓烟在空中悬挂起它的黑夜。

十六

这位姑娘所乘的木板随波逐浪，
　穿越过那些峡谷飘来飘去，
在逐渐被水淹没的山峦的上方，
　在荒凉的峰岭间浮进浮出，
像一叶蓟草的轻絮随风飞舞，
当洪水不断注满虚空的山谷。

十七

她的木板终于和一个旋涡相遇，
　旋涡载她朝城的方向飘去，
这时的洪水离城墙已相去无几，
　听烈火烧穿那些殿堂楼宇，
似猛兽咆哮而且又咝咝作响，
最坚强的心灵也会惊骇恐慌。

十八

那旋涡推送着她继续向前航行，
　在一座壮丽的门前转了又转，
城门高耸，直插入浓烟的乌云，
　血色的红光笼罩凌空的门拱，
她向那明净的大理石门看去，
惊奇的心情竟然压倒了恐惧。

十九

因为那门上布满最珍奇的雕刻，
　呈现出的形象陌生但是优美，
和人类绝不相似，美好的形体，

　生着翅膀，它们的万千同类
也出现在别人梦里，他们也像
这位姑娘一样美好，一样善良。

二十

当她正在看望，大理石的雕像
　变得更加辉煌，那雕刻师
定是一位神灵，技艺十分高强，
　他的雕琢有造就美的威力，
雕琢的痕迹随可悲的变化衰退，
来自他心灵的色彩却经久不灭。

二十一

她看望着，猛火烈焰终于暗淡，
　洪水也逐渐平缓，像林中
寂寞的小河蜿蜒在山与山之间；
　这时大理石像似乎在颤动，
它们美好的手足仿佛在飘荡，
恰似水草的茎叶舒展在海洋。

二十二

它们的嘴唇启动，有一个似乎
　就要开口发言，但是突然，
山崩地裂，洪水从开裂处涌出，
　像要托起大地的瀑布一般；
石雕的群像发出一阵欢呼声，
苍白的梦忙把它那翅膀扇动，
把这位姑娘从水面带到空中。

二十三

苍白的精灵的令人眩晕的飞翔，
　使得这美好的姑娘终于觉醒，
于是她起身，当那个梦已他往，
　离开她双眸的帘幕展翅远行。
于是她在各处行走再不似往常，
她已知道熟睡时也能看得真切，
像觉醒的眼睛所能看到的一样。

（1817 年于马洛）

坚强的雄鹰[①]

坚强的雄鹰！你高高地飞翔
在云雾弥漫的山巅丛林之上，
　披沐着晨曦的璀璨的光明，
像庄严的行云，而当夜幕
从天渊降临，你傲然不顾
　狂风暴雨壁垒森严的迫近！

（1817 年）

① 这首诗可能是为威廉·葛德文（1756—1836）而作。葛德文是雪莱夫人玛丽的父亲，《政治的正义》的作者。英国政治评论家、小说家、乌托邦社会主义者、无政府主义的先驱，对雪莱影响至深。

致大法官[①]

一

你的国家在诅咒你，貌似祭司的瘟疫，
　撕裂我们母亲胸膛、纠结成团的
污秽的多头蠕虫的最最邪恶的顶羽——
　埋葬已久的体制以假面伪装的复辟！

二

你的国家在诅咒你，被出卖的正义，
　被践踏的真理，被推倒的天然界碑，
被以欺诈手段聚敛的一堆堆的金币，

① 1816年11月，雪莱的第一个妻子赫丽艾特自杀身死，同年12月雪莱和玛丽·葛德文结婚后，赫丽艾特之父就提起诉讼，要求剥夺他对亡妻所遗一子一女的教养权。这首诗就写在这一时期。1818年2月，案件以大法官艾尔登宣判雪莱败诉告终。理由是雪莱发表过不敬神的言论；有“罪恶的”思想，不宜教养子女。诗中提到推倒天然的界碑，切断自然的崇高纽带，都指剥夺子女一事。这首诗是雪莱声讨英国反动统治阶级和罪恶的教会的一篇战斗檄文。

　都在毁灭的王廷高声控诉有如惊雷。

三

而一直在守候着无常的指示的天使，
　无疑是行动迟缓的一位，并不顾及
一个民族在哭泣，却迁延执行她崇高的
　旨意，且容你和你那一帮暂时喘息。

四

哦，让一个父亲的诅咒降祸给你的灵魂，
　让一个女儿的希望寄托于你的坟茔，
让两者同在你皤白的头顶化为铅的头巾，
　压低你的头颅去承受迫近的覆灭命运！

五

我诅咒你，凭着横遭蹂躏的慈父之心，
　凭着长久怀抱、最近才失却的希望，
凭着你永远也不可能体验的高尚柔情，
　凭着你铁石心肠从未感受过的忧伤；

六

凭着闪耀着欢乐光辉的婴孩的微笑，
　那曾是新生儿带给家庭的温暖火苗，
甚至在点燃的时刻就被扑灭而熄掉，
　悖时的黑夜遮断了可爱生命的明朝；

七

凭着那未经调教的口齿的幼稚的音节，
　那在一个做父亲的看来，一定会发育
成为最富于智慧的最高尚学问的儿语——
　你却摧残心灵之琴——伤心啊，可耻！

八

凭着幸福的人们在小儿女的成长过程，
　那甜蜜和忧愁密切交织，最伤神的疑虑
和最美妙的希望共生并育的源泉——
　那蓓蕾年华的未放花朵——所见到的一切。

九

凭着所有在雇用仆役照管下度过的那些
　充满烦闷、拘束和辛酸、抑郁的光阴；
这样可怜的孩子，除了你们，还能有谁？
　哦，比孤儿更惨，而又不是没有父亲。

十

凭着那些如同挂在绽开的花瓣上的毒药，
　一定会挂在他们唇边的虚伪道学说教；
凭着以吞蚀日月的阴影笼罩他们从襁褓
　直到坟墓的全部人生道路的邪恶信条；

十一

凭着你最猥亵的地狱和地狱的所有恐怖，
　凭着你欺诈所造成的忧伤、疯狂和罪孽，
这些一定会成为他们未来生活中的谬误——
　你摇摇欲坠的权力借以建立的沙砾——

十二

凭着你同贪欲和憎恨之间的勾结，
　　你对眼泪的癖好，对黄金的饥渴，
随时供你施行的现成的阴谋诡计，
　　和你已运用自如的卑贱的技艺；

十三

凭你致人死命的冷嘲，也凭你的笑——
　　凭你黑色渊薮的一切伎俩和圈套，
而且，还由于你哭得比鳄鱼更加优美，
　　也凭你如同磨盘能砸碎人脑的假泪；

十四

凭着戕害一个父亲的爱的所有的憎恨，
　　凭着扼杀一个父亲的关怀的全部轻蔑，
凭着那只胆敢切断自然的崇高纽带的
　　邪恶的手，凭着你，也凭着心灰绝望，

十五

是的，正是绝望在使一个父亲呻吟不歇，
　　哭叫着“我的儿女已经不再是我的，
那脉管中流动着的可能还是我自己的血，
　　但是，暴君，被玷污的灵魂属于你”。

十六

我诅咒，虽然并不恨，哦，卑贱的匹夫！
　　如果，你这地狱的魔鬼竟能够扑灭
将把人世焚尽的地狱之火，在你的坟墓
　　这诅咒将化为祝福，祝你此去顺利！

（1817 年）

无　题

一

那时光已永远死亡，孩子！
淹没，冻僵，已永远死亡！
　我们回顾以往不禁吃惊，
　见到的是些希望的亡灵，
我和你在阴暗的生命之河上
消磨到死的那些希望的亡灵：
　苍白，凄惨，哭得哀伤。

二

我们曾注目凝视过的河川
已经滚滚流去，再不回还；
　而我们仍然站立观望
　在这片荒凉的土地上，
像树立起两块墓碑，以纪念

在暗淡的生命的晨光里不断

　消逝着的恐惧和希望。

（1817 年）

死　亡

一

他们已死，死去的再不回还——苦难
　坐在洞开的墓穴旁呼唤遍了他们——
苦难是个头发苍白、眼神憔悴的青年，
　他们，是亲人、朋友和情人的姓名，
他呼唤，有气无力——他们都已离去，
傻瓜，全都已死去！只有虚空的名字，
　只有这熟悉的景物，我的痛苦——
　只有，这些坟墓——依然如故。

二

别再哭泣，哦苦难，我最亲爱的朋友！
　你不会听从劝慰，我毫不感到诧异！
因为我曾经看见你和他们从你家门口
　一道观赏宁静的夕阳，而这场地

也曾同样怡人、宁静，只是十分短暂，
如今你的头发已苍白，你的希望已远，
　只有这熟悉的景物，我的痛苦——
　只有，这些坟墓——依然如故。

（1817 年）

哦，如果有辆白云的轻车属于我

哦，如果有辆白云的轻车属于我！
　——当月亮披散灰白的发卷晶莹发光，
高临海洋，那犷野的暴风在天上
　用一片片的白云编织成车座；
哦，如果有辆白云的轻车属于我！
　我将乘汹涌的长风巨浪去远航，
到巍巍的崇山绝岭，到礁石丛生的湖上，
……

（1817 年）

撒旦挣脱了锁链

一位有着金色翅膀的天使
　站立在永恒的审判座前，
魔鬼的血玷污了他那可爱的
　手和脚，狼狈不堪。
那一对父与子
知道一场斗争从此开始。
他们知道撒旦挣脱了链锁，
率领着千百万恶魔
又在世界上横行挑战。
不等这位天使把话说完，
　一阵悦耳的潜行声
　像羽翼相擦的音响，已经
清晰可辨；七名天使长面前
永照天庭的不灭明灯
突然阴暗。

（1817 年）

给狱中归来的朋友

我的朋友，若不是由于泪珠颤动在我
　迷蒙的眼里，若不是我的心怀着
使狂喜和痛苦相似的感情而跳动急促，
　为了你以你的声音使虚伪惊慌失措，
　　我要感谢你——让暴君守着眼泪，
　　守着铁索，不错，让他号啕大哭，
　　暴跳着发觉，像一觉醒来的精力，
　　你，从监狱中神采昂扬愤然而起，
他曾想着用监狱把你的灵魂严加禁锢，
你，却把羁绊人类的锁链当作了猎物。

（1817 年）

给一位批评家

一

谁能从黄蜂取得蚕丝，
　能从春蚕取得蜂蜜？
芳草能够生长在冬季，
　恨才出现在我心里。

二

去恨说假话的伪君子，
　恨你一样挑剔的人；
他们不像我这样羞涩，
　会报以同等的热忱。

三

找个金钱和权力的奴隶，

结成伴侣，你的爱
将打动他冥顽的情意，
比用恨打动我更快。

四

至于我所确认的激情，
绝不可能被你割裂；
我恨你的缺乏爱和真，
可又用什么来恨你？

（1817 年 12 月）

奥西曼迭斯[1]

我遇到过一位来自古老国土的旅客，
他说：一双巨大的石足，没有身躯，
矗立在沙漠……近旁的黄沙半露着
一副破碎残缺的面孔，它眉峰紧蹙，
嘴唇起皱，统率万方鄙夷一切的神色，
表明雕刻师对这类情欲曾深有感受，
它们[2]却由于留痕在无生命的物体上，
竟比孕育它们的心，仿造它们的手，
都存活得更加长久；台座上石足下，
有这些字迹依稀可读："众王之王——
奥西曼迭斯就是我，看看我的业绩吧，
纵然是一世之雄也定会颓然而绝望！"
残骸的四周，此外再没有留下什么，
寂寞、荒凉，无边的平沙伸向远方。

（1817年）

① 奥西曼迭斯即古埃及第十九王朝法老（国王）拉美西斯二世（约前1317—前1251），是文治武功极盛的统治者。相传他建立了世界上第一座规模庞大的图书馆。陵在底比斯，形如狮身人面像。

② 它们：这类情欲。

1818

十四行：致尼罗[1]

月复一月，聚积已久的雨水不断倾泻，
　注满埃塞俄比亚隐秘的沟壑峡谷，
　从黄沙大漠冰雪环护的峰巅，酷暑
　与严寒在阿特拉斯脊背奇特相会
拥抱处，半悬着一片片潮湿的积雪；
　住在尼罗河云中水瓮近旁的暴雨，
　挟带着烈风、流火，迅猛而威武，
　催迫着河川溪流共赴宏伟的终结。
记忆中的埃及土地大水反复泛滥成洪，
　那水属于你哦，尼罗！你十分清楚，
　你的水流经过处，那爽神的清风
和作恶的狂风相随，嘉果伴生着毒物。
　小心，哦，人！因为知识对于你
　也必定就像大洪水一向之于埃及。

（1818 年 2 月）

---

① 1818 年 2 月 16 日，济慈在给他兄弟的一封信中写道："前一个星期三，雪莱、亨特和我，以尼罗河为题，各写了一首十四行诗；有一首，你们会读到的。"这就是雪莱写的那一首，韵式 abbacddcefefgg，是雪莱十四行中较规范的一首。

过亚平宁[①]

听啊，听，我的玛丽，
亚平宁的低声絮语
爆发在屋顶，如咆哮的雷霆，
又像是那北国的海滨
囚徒从地牢里听到的
狂澜怒卷的大海潮汐。
光天化日下，亚平宁
是灰暗、雄伟的崇山峻岭，
绵亘在苍天与大地之间，
而到了色彩褪尽的夜晚，
映着朦胧星光，展开一派混沌，
伴同风暴，亚平宁四出巡行。
……

（1818 年）

① 亚平宁：由北而南纵贯意大利半岛的山脉。

逝

一

你难道会忘却那些幸福的时光？
我们已在爱的林苑把他们埋葬，
堆在他们僵冷的尸体上的，
不是泥土，而是鲜花和绿叶，
　鲜花，是那失去了的欢乐，
　　绿叶是至今犹存的希望。

二

忘却那些死去的、失去的？哦，
还有他们的阴魂会来寻求报复：
记忆，将使心灵化为坟墓，
悔恨，会在精神抑郁时潜入，
　用阴森的耳语向你诉说：
　　欢乐，一旦失去便是痛苦。

（1918 年）

给玛丽[①]

哦，玛丽，你能在这里多好，
你和你明亮开朗的棕色眼睛，
你那甜美的话语声，似小鸟
向常春藤荫寂寞忧郁的伴侣
倾吐爱情时的婉转嘤鸣，
那天地间最甜美动听的乐音！
还有你的秀额……
更胜过这蔚蓝色意大利的
　　　　　　天空。
亲爱的玛丽，快来到我的身旁，
我失去了健康，当你远在他乡；
你对于我，玛丽，亲爱的，
就像黄昏对于西方的星辰，
就像日落对于圆满的月亮。
哦，亲爱的玛丽，但愿你在这里，
古堡的回声也低语："在这里！"

（1918 年）

---

① 玛丽·雪莱（1797—1851）：英国女作家，威廉·葛德文的女儿，雪莱的妻子。

一朵枯萎的紫罗兰

一

这朵花的芬芳已经消隐，
　像你的吻对我吐露过的气味；
这朵花的颜色已经凋殒，
　它曾使我想起你独有的光辉。

二

一个萎缩、僵死、空虚的形体，
　搁置在我被冷落的胸襟，
以它冷漠、寂静、无声的安息
　嘲弄我依旧热烈的痴心。

三

我哭泣，泪水不能使它复生；

我叹息，你不再向我吐露气息；
它静默无声无所怨尤的命运，
正和我所应得的那种无异。

（1918 年）

召苦难

一

来，高兴点！坐到我身边，
披裹在黑色阴影里的苦难：
羞怯无语、不情愿的新娘，
你，衣装华丽，情态哀伤，
一个被尊奉为天神的凄凉！

二

来，高兴点！坐到我身边，
在你看来，我，似乎不欢，
然而我，却比你高兴得远，
在你高贵的额头上，夫人，
戴着的是一顶苦恼的冠冕。

三

苦难！我们彼此相知相亲，
有如同胞手足、姐妹弟兄，
生活在同一个寂寞的家庭，
已经多年，还得一德一心
再过几年几十年未来光景。

四

这确实算得是辛酸的命运，
且让我们争取最好的可能：
若是欢乐死了爱犹可独生，
我们将继续相爱，直爱到
心灵地狱就像是极乐园庭。

五

来，高兴点！请你躺下吧，
就在这新割的鲜草上躺下，
蚱蜢，这充满忧愁的世界
一个欢乐、无忧的小生命，
正在那里面唱得十分起劲。

六

碧绿的垂柳是我们的帐篷，
你的手臂将成为我的软枕：
由于失去曾经有过的香甜
而充满忧郁的气味和声音
会送我们进入沉闷的梦境。

七

哈！冻僵的脉管居然搏动，
透露了你不敢表白的爱情。
你涕泗横流，你喃喃作声——
在我炽热的心沉睡的时刻，
是你冰凉的胸脯怦怦跳动？

八

吻我！哦，你的嘴唇太凉：
用你的双臂搂住我的脖颈——
双臂柔软，却又麻木冰冷，
你的泪滴把我的额头刺痛，
就像是一支支冰冻的铅针。

九

上床吧！我们成婚的喜榻，
已铺陈好，就在坟墓底下：
黑暗正好遮掩我们的情爱，
忘却是合适的绣衾，我们
可以安息，无人能发禁令。

十

拥抱我！直拥抱到两颗心
像两个影子般重叠、合并，
直拥抱到这种恐怖的销魂
像雾气，消失得无影无踪
在永不再苏醒的长眠之中。

十一

我们，可以在长眠中美梦，
梦我们不属于会哭的品种：
甚至，可以像欢乐梦见你，
背弃生活的苦难你也可以
让欢乐出现在你我的梦中。

十二

计我们寻欢作乐，让我们
嘲笑这地球上的幢幢阴影，
像两只狗吠叫月下的浮云
仿佛成群裹着尸衣的幽灵，
彻夜不停，飘过月下夜空。

十三

我们整个身外的广阔世界
正像杂沓纷纭的傀儡演出，
无休无止地从舞台上通过；
除了嘲讽，还能意味什么，
我在哪里，你，又在何处？

（1918 年）

十四行：无题

不要掀起那活人称之为生活的彩幕，
虽然描绘着的是一些不真实的图形，
只不过是用漫不经心的色彩的涂布
模拟我们愿意信以为真的一切情景；
幕后有孪生的命运——希望和恐怖，
不断在无形的凄凉深渊上编织他们
自己的投影。我知道有人曾掀起过，
要寻找目标献出爱情，他迷惘的心
温柔，但是，不幸，他，一无所获。
那里也没有这世界所能容纳的任何
他能称许的事物；他穿过冷漠人群，
像光斑落在幽暗的舞台上，像明辉
陷入阴影，像努力追求真理的精灵，
像那传道者，也未能找到它的踪影。[①]

（1818 年）

① 《旧约·传道书》第七章记述传道者（所罗门）的话：“我将这事一一比较，要寻求其理。我心仍要寻找。却未曾找到。”

1819

写在卡瑟尔瑞执政时期

一

坟墓里的尸体已经冰冷；
路上的石头，喑哑无声；
不足月的胎儿死在腹中，
母亲们面色苍白——像艾尔比恩[①]
死灰色的海岸，自由已告终。

二

她的儿子像路上的石头，
他们是麻木不仁的泥块，
惨遭蹂躏却不知道移开，
使她备尝产褥之苦的流产胎儿
是那备受折磨而死的自由。

---

① 艾尔比恩：即英格兰。

三

你且蹂躏、欢跳，压迫者！
因为受害的一方对你无奈；
你独占尸体、泥块和死胎，
你是唯一的主人；你前往坟墓的途径
也由他们铺砌而成。

四

你是否听到死亡、罪恶
和毁灭欢度节日的喧嚣——
其中有财富行劫的呼哨？
这是酒徒使真理瞠目结舌的狂欢饮闹
为你唱的赞婚曲调。

五

哎，快娶了你可怕的妻子！
让那纷争、不安和恐惧
在生活的厅堂铺设枕席！
同毁灭成婚吧，恶魔！让地狱引导你
向新人的喜榻走去！

1819 年

1819 年两政客形象①

一

仿佛从老橡树的树梢，
　两只愚蠢的乌鸦把喇叭吹奏，
一声递一声，啼叫又啼叫，
透过亭午时分的烟雾袅袅，
　　嗅寻着新鲜死人的尸臭——

二

仿佛两只谵言妄语的鸱鸮，
　从腐朽杉树的树洞突然飞出，
穿过黑夜，恫吓着黑夜——
正当皓月失去了知觉，

① 两政客：指西德茅斯和卡瑟尔瑞。卡瑟尔瑞已详前注。西德茅斯（1757—1844）：即亨利·艾丁顿，1789—1801 年任议长，1801—1804 年及 1806—1807 年任首相，1804 年被封为西德茅斯子爵。1819 年，西德茅斯任内政大臣，卡瑟尔瑞任外交大臣。

星星暗淡，有也不多——

三

仿佛是一条狗鱼和一条巨鲨，
掀动着血红的鱼鳃，
窥伺在大西洋一座小岛下，
守候着运奴船，船上的货载
正是他们争辩的主题所在——

四

这就是他俩，渴望战争的两只兀鹰，
阴湿岩石底下的两尾蝎子，
嗓子干渴难耐的两头嗜血豺狼，
歇在同一条瘟牛背上的一对乌鸦，
拧成了一股的两条毒蛇。

（1819 年）

十四行：1819年的英国

一个老迈垂死又疯又瞎被人轻贱的国君——
王亲贵胄，一群愚蠢族类的残余的渣滓，
在笑骂声中走过似来自泥泞源泉的泥泞——
当朝执政公卿，昏聩、麻木，不明事理，
只会像蚂蟥那样把奄奄一息的国家叮紧，
直到吸足了血，不待打击便昏昏落地——
人民，在荒芜的农田，忍受饥馑和刀兵——
军队，一柄双刃的利剑，擅长绞杀自由，
也会使挥刀舞剑者本身成为被害的牺牲——
拜金而嗜血的法律，为屠杀而先行引诱；
宗教，无基督也无上帝，一本不读的书；
国会，历史上最恶劣的法规，犹未废除——
这一切，全都是坟墓，从中会有幽灵奋飞
焕发灿烂荣光，照亮这风狂雨暴的年月。

（1819年）

颂　歌

——写于1819年10月，西班牙人重获自由之前[①]

起来，起来啊！起来！
不为你们生产粮食的土地出现了鲜血；
让你们的创口都化为眼睛，
哭泣那些死去的、死去的、死去的。
还有什么样的伤痛值得这样的悲哀？
你们的儿女、妻子和兄弟，是他们，
是他们在战争的日子里遭到了杀害。

醒来，醒来啊，醒来！
奴隶和暴君从来是孪生的仇敌；
快挣脱那冰冷的锁链，
把它抛弃到亲人们埋葬着的大地；
他们的骨骸在墓中也会惊醒而动弹，

① 拿破仑政权崩溃后，斐迪南七世在西班牙恢复了波旁王朝的专制统治，1812年的宪法被废除，解放战争时期的革命战士遭到迫害。1819年，西班牙政府为镇压美洲殖民地革命，在卡迪斯集结近两万名远征军。一部分具有自由思想的贵族军官在资产阶级支持下发动革命。这首颂歌就写在那年10月。

当听到了所爱的人们所发出的呼唤——
地面上神圣斗争中高于一切的呐喊。
举起，把战旗高高举起！
自由正在扬鞭策马向前猎取胜利，
尽管为她执扇的仆役——
劳苦和饥馑，在相顾唏嘘叹息。
而你们，追随在她威严战车左右的勇士，
绝不插手参与结伙行劫的战争，但是，
作为她的儿女，要为捍卫她而前赴后继。①

光荣，光荣啊，光荣
归于做出了伟大牺牲和贡献的英雄！
史册上还没有这样的荣誉，
能和你们即将赢得的声名相比；
历来的征服者征服对手，只不过是
压倒他们的报复、傲慢和威力；前进，
用更辉煌的胜利战胜你们自己的敌人！

戴上，给所有的额头戴上
紫罗兰、常春藤和青松翠柏的冠冕，

---

① 雪莱把战争明确地分为两类，把在“神圣同盟”的名义下组织的战争称为结伙行劫，而号召人们为争取和保卫民族的独立、自由、解放而战斗。

用自然所尊崇的优美色彩
且覆盖住你们额上的血迹斑斑；
用碧绿的力量、永恒，和蔚蓝的希望，
但不要让三色堇在它们中间混藏，
你们曾遭受凌辱，这应该永志不忘。

（1819年）

西风颂[①]

一

哦，犷野的西风哦，你哦秋的气息！
由于你无形无影的出现，万木萧疏，
似鬼魅逃避驱魔巫师，蔫黄，黢黑，

苍白，潮红，疫疠摧残的落叶无数，
四散飘舞；哦，你又把有翅的种子
凌空运送到他们黑暗的越冬床圃；

仿佛是一具具僵卧在坟墓里的尸体，
他们将分别蛰伏，冷落，而又凄凉，
直到阳春你蔚蓝的姐妹向梦中的大地

① 这首诗构思在佛罗伦萨附近阿诺河畔的一片树林里，主要部分也在那里写成。那一天，孕育着一场暴风雨的暖和而令人振奋的大风集合着常常倾泻下滂沱秋雨的云霭。不出我所料，雨从日落下起，狂风暴雨里夹带着冰雹，并且伴有阿尔卑斯山南地区所特有的气势宏伟的电闪雷鸣。

吹响她嘹亮的号角（如同牧放群羊，
驱送香甜的花蕾到空气中觅食就饮）
给高山平原注满生命的色彩和芬芳。

不羁的精灵，你啊，你到处运行；
你破坏，你也保存，听，哦，听！

二

在你的川流上，在骚动的高空，
纷乱的乌云，那雨和电的天使，
正像大地凋零枯败的落叶无穷，

挣脱天空和海洋交错缠接的柯枝，
漂流奔泻；在你清虚的波涛表面，
似酒神女祭司头上扬起的蓬勃青丝，

从那茫茫地平线阴暗的边缘
直到苍穹的绝顶，到处散布着
迫近的暴风雨飘摇翻腾的发卷。

你啊，垂死残年的挽歌，四合的夜幕

在你聚集的全部水汽威力的支撑下，
将构成他那庞大墓穴的拱形顶部。

从你那雄浑磅礴的氛围，将迸发
黑色的雨、火、冰雹；哦，听啊！

三

你，哦，是你把蓝色的地中海
从梦中唤醒，他在一整个夏天
都酣睡在贝伊湾一座浮石岛外，[①]

被澄澈的流水喧哗声催送入眠，
梦见了古代的楼台、塔堡和宫闱，
在强烈汹涌的波光里不住地抖颤，

全都长满了蔚蓝色苔藓和花卉，
馨香馥郁，如醉的知觉难以描摹。
哦，为了给你让路，大西洋水

豁然开裂，而在浩渺波澜深处，

① 贝伊湾：意大利那不勒斯附近的一处海湾。

海底花藻和枝叶无汁的淤泥丛林，
哦，由于把你的呼啸声辨认出，

一时都惨然变色，胆战而心惊，
战栗着自行凋落；听，哦，听！

四

我若是一朵轻捷的浮云能和你同飞，
我若是一片落叶，你所能提携，
我若是一头波浪能喘息于你的神威，

分享你雄强的脉搏，自由不羁，
仅次于，哦，仅次于不可控制的你；
我若能像在少年时，作为伴侣，
随你同游天际，因为在那时节，
似乎超越你天界的神速也不为奇迹；
我也就不至于像现在这样急切，

向你苦苦祈求。哦，快把我扬起，
就像你扬起波浪、浮云、落叶！
我倾覆于人生的荆棘！我在流血！

岁月的重负压制着的这一个[1]太像你，
像你一样，骄傲，不驯，而且敏捷。

五

像你以森林演奏，请也以我为琴，
哪怕我的叶片也像森林的一样凋谢！
你那非凡和谐的慷慨激越之情，

定能从森林和我同奏出深沉的秋乐，
悲怆却又甘冽。但愿你勇猛的精神
竟是我的魂魄，我能成为剽悍的你！

请把我枯萎的思绪向全宇宙播送，
就像你驱遣落叶催促新的生命，
请凭借我这单调有如咒语的韵文，

就像从未灭的余烬扬出炉灰和火星。
把我的话语传遍天地间万户千家，
通过我的嘴唇，向沉睡未醒的人境，

---

① “这一个”：诗人自指。

让预言的号角奏鸣！哦，风啊，
如果冬天来了，春天还会远吗？

（1819 年秋）

告　诫

光和风的营养为变色龙所依赖，
　诗人的食粮是荣誉和爱情；
如果在这充满苦恼的广阔世界，
　诗人也能像它们那样幸运，
需要的支持可以不费力地得来，
　是否也会经常地变换色彩，
　就像变色龙对于光之所为，
为了适应每一束不同的光辉，
　一天就变化二十回？

诗人生活在这冷酷的人世，
　就像变色龙会有的遭遇——
如果从诞生的那一刻开始
　它们就藏身在海底洞穴；
有光处，变色龙变换色彩；
　没有爱，诗人奔走他乡：
　荣誉，也只是爱的变象，
两者都难发现时，不必奇怪

诗人们到处漂泊流浪。

切不可让财富和权势来玷污
诗人自由而神圣的魂灵；
如果变色龙可以吞咽任何食物，
不必仰仗风和光的供应，
它们就会长得像俗物一样迅速，
和尘世的兄弟蜥蜴相等；
一个光辉灿烂星球的子孙，
哦，来自月亮背后的精灵们，[①]
千万谢绝这样的隆恩！

（1819 年）

① 这里的精灵指诗人。

印度小夜曲

一

夜晚第一度香甜的睡眠里，
从梦你的梦中起身下了地，
习习的夜风正轻轻地吹，
灿烂的星星闪耀着光辉；
从梦你的梦中起身下了地，
有个精灵附在我的脚底，
引导着我，哦，不可思议，
来到你的纱窗下，亲爱的！

二

四处游荡的乐声已疲惫，
湮没在幽暗静寂的清溪——
金香木的芳馨已经消逝，
就像梦中那甜美的情思；

夜莺一声声泣血的怨啼
已在她的心底溘然死去——
我的生命也将在你心上熄灭，
哦，我所热爱的只是你！

三

哦，快把我从茵草地上扶起，
我气促，我无力，我将昏迷，
让你的爱在吻的密雨里降落，
落在我苍白的嘴唇和眼皮；
我的面颊冰凉，惨白无血！
我的心音响沉重，跳动迅疾——
哦，再一次把它拥紧在心窝，
它终将在你的心窝里碎裂。

（1819 年）

给索菲亚（斯塔西小姐）

一

你真美，陆上海中的仙女
　也比不上你那非凡的美
你那轻盈温柔的肢体
　似裁制适体的袍服衣袂，
随着活跃在其中的生命
而起落、闪耀，或止或行。

二

你深邃的眼睛是一对双星，
　能用柔和澄澈的明光
把大智看得发狂，煽火的风
　是充满温馨欢乐的思想，
像和煦的轻风以波浪为枕，
这思想枕着你温柔的灵魂。

三

一张面孔被绘进那双眼睛
　就会因欢快而变得苍白，
灵魂昏迷听到你美妙的琴音
　会陷入最深的昏迷境界，
这就难怪，当你谈到软弱，
我的心是那最软弱的弱者。

四

像被旋风唤醒的海洋浪涛，
　像晨风吹拂下的露水珠，
像雷雨迫近时的林中小鸟，
　像无言而深为震动的生物，
像感觉到了无形精灵的人，
这就是你靠近我时我的心。

（1819 年）

随我去林莽深处的草丛

随我去林莽深处的草丛，
随我去野玫瑰飘香的幽谷，
去那里寻求相互的融合，
紫罗兰对熏染花香的清风
会有她自己的故事要说，
他们俩有足够的事情要做，
就像你和我要做的工作。

（1819 年）

合一的灵魂

　　　　　　像一个精灵，
我寄居在他内心之心的核心，
感受他的感觉，思他之所思，
理解他灵魂深处的独白自语：
语声虽不可闻，却隐含在他
血液的沉默中，随着千万次
脉搏而起伏，恰似夏季海洋
颤动的宁静。我仿佛用万能
钥匙开锁，放出他灵魂底层
金色的乐曲而投身沐浴其中，
似遭遇雷霆和迷雾的一只鹰，
以电火的明光洗镀他的羽翎。

（1819 年）

爱的哲学

一

出山的泉水与江河汇流，
江河又与海洋相通，
天空里风与风互相渗透，
融洽于甜蜜的深情。
万物遵循同一神圣法则，
在同一精神中会合；
世上一切都无独而有偶，
为什么你与我却否？

二

看高高的山峰亲吻蓝空，
浪和浪也相抱相拥，
姐妹花朵绝不会被宽容，
如果轻视她的弟兄；

灿烂的阳光抚抱着大地，
明丽月华亲吻海波，
一切甜蜜的作为有何价值，
如果，你不亲吻我？

（1819年）

1820

含羞草

第一部分

花园里长着含羞草一株，
青春的风喂给它银色的甘露；
它向日光张开扇形的叶子，
夜的吻又使它把叶片闭住。

春天在美妙的花园里升起，
像爱的精神，到处有她的踪迹；
大地黝黑的胸脯上花发草萌，
相继脱离冬眠中的梦境苏醒。

但是在花园、田野，在荒郊，
都没有什么像孤独的含羞草，
似午时的牝鹿渴求爱的甜蜜，
那样为幸福而颤抖，而喘息。

首先是雪莲花，然后是紫罗兰，
觉醒在温暖雨水润湿的地面，
呼吸里混合着清新的泥土气息，
像歌声和器乐声融合在一起；

然后是多彩银莲、苗条郁金香；
还有水仙，娇美压倒群芳，
他凝视水流深处自己的眼睛，
终于为自身的美而失去生命；①

深谷的百合像水中的女仙，
激情使它苍白，青春使它鲜艳，
透过亭亭如盖的娇嫩绿荫，
微微颤动的花铃光彩鲜明；

紫色的白色的蓝色的风信子，
从花铃中发出醉人的铃声，
优雅、轻柔、浓郁的音乐，
在感觉中仿佛是芬芳的气味；

还有玫瑰，像准备入浴的仙女，

---

① 指纳喀索斯（西文与水仙同音）爱恋自己在水中的倒影而失去生命，化为水仙。

脱去衣衫，展现出光洁的胸脯，
一层一层，对着难以自持的空气，
把爱和美的灵魂袒露无遗；

修长的百合像酒神的侍女，
把她那月光色的杯盏高举，
直到火焰似的明星——它的眼睛，
透过明净露珠直视慈祥天庭；

还有羸弱素馨，甜美玉簪，
它芳香绝伦，为百花之冠；
一切来自各方的奇花异草，
都在花园里生长得兴旺繁茂。

颤颤巍巍的阔花瓣睡莲，
躺卧在永不平静的水面——
被谁用金碧光辉点染的溪流心胸，
上有树枝擎着鲜花编的凉荫，

斜伸出色彩交错的天空，
一旁有水生花藻似星星闪动，
轻柔溪水在四周跳荡着滑过，
射出光辉，奏着悦耳的音乐。

青草和苔藓覆盖的小径，
在那园里曲折蜿蜒穿行，
或是不远便又沐浴阳光与和风，
或是隐没在鲜花盛开的树丛，

全都长满了雏菊和风铃草，
像神话传说的常春花一样姣好，
还有各种小花，随着日色西沉
也垂首形成蓝色紫色白色凉亭，
使萤火虫免受夜露的侵凌。

从这未被玷污过的乐园，
那些花（像婴儿醒来时的双眼，
含笑看着母亲，她的甜美歌声
先是催他入眠，终于使他觉醒），

当天堂欢乐的风使它们开放，
像矿灯点燃地下宝石瑰丽的华光，
每一朵鲜花全都笑对天庭，
在慈惠的阳光下同享欢欣；

因为所有的花都感染和浸润

邻近花朵倾泻的芬芳和光明，
像由于青春和爱而亲近的恋人
为彼此的气氛所缠裹、所充盈。

含羞草从根到叶都感受着爱，
却没有什么爱的果实结出来，
它接受得最多，也爱得更深，
在只需要它时，可以完全献身——

因为含羞草没有那艳丽的花，
色彩和芳香的禀赋不属于它；
它爱得像爱神，热情充沛心内，
只渴望一种珍品，它所缺的美！

轻柔的风从支承不住的翅膀
一路卸下低沉悦耳的声响；
鲜花像星星一样投射光芒，
把自己的色彩发送远方；

有翅的昆虫，敏捷而自由，
像金色的小舟，在海上悠游，
满载着各种光彩和芳菲，
在闪光的绿草上空翻飞，

无形的凝露云雾，像火焰，
偃卧在花间，太阳升上中天，
便像精灵遨游星际，每一团云
都因携带芳香而如醉如醺。

阴暗的中午发颤的水汽，
像海水漫过温暖的大地，
音响、气味、光线在其中移动，
就像芦苇移动在溪流之中；

这些都像是供差遣的天使，
为含羞草带来甜美的欢喜——
当白昼的时光懒懒地行动，
像云朵飘浮过无风的天空；

而当暮色从天渊深处降临，
大地一片安宁，空中充满爱情，
少了些光明的欢乐更加深沉，
白昼帷幕卸去，世界开始入梦。

走兽飞禽和昆虫都淹没在
那梦的寂静无声的大海，

海波从不在意识中留痕，
却给海滩细沙印下波纹；
（只有半空中甜美的夜莺，
暮色愈浓，唱得愈加动听，
那只天宫才应有的乐曲
不时融入含羞草的梦境），

含羞草最先蜷缩起来，
投身偃卧在安息的胸怀；
像个玩累了的可爱的孩子，
最弱的一个也最受宠溺，
依偎在黑夜的怀抱里。

第二部分

这美妙的园里有一位仙灵，
这伊甸的夏娃，美与欢乐的女神，[①]
像上帝主宰宇宙星辰，管理着
不论是醒着或是睡梦中的花朵。

---

① 据《旧约·创世纪》第二、三章，伊甸，即乐园；夏娃，在伊甸园里和亚当做伴的女人，后来受蛇的引诱，吃了分别善恶之树的果子，被双双逐出乐园，成为人类的最早祖先。“美与欢乐的女神”则出于希腊神话。

一位姑娘，美得惊人的女性，
她优美形体内的优美心灵，
规范着也显现于仪态和举动，
像海花开放在大海洋中。

她照料花园，从早直到黄昏，
夜来了，月下天庭的流星[①]
像许许多多的空中明灯，
欢笑在她脚旁，照耀她飞升；

她没有任何人间的伴侣，
但是当黎明从她眼上吻去睡意，
那晕红的脸色，微颤的呼吸
却表明她的梦是天堂不是沉睡；

好像有个俊美的精灵曾趁着星辉，
抛弃天庭，来到人间，和她欢会，
似乎仍在她身旁徘徊、逡巡，
虽然被白昼的帷幕隐去了形影。

她的脚步仿佛怜悯被践踏的小草；

① 哥白尼以前的天文学家把天空分成月下和月上两部分。

从她的胸脯起伏中可以听得到：
轻风吹来，带给她以欢欣，
风过后，留下炽热的激情。

无论她轻盈的脚步落在何方，
她飘曳的秀发都要从草地上
用轻盈的扫掠把轻微的足迹扫去，
像和煦的疾风扫掠过暗绿色海域。

我不怀疑，那美妙花园的花朵
听到她温柔的脚步声会感到欢乐；
我不怀疑，它们和她莹润的手指接触，
会感到有一种精神立即在全身流布。

她汲取清冽的溪水，把日光下
由于中暑而昏迷的花儿浇洒，
又从负载沉重的花盏内
清除掉雷雨留下的积水；

她用温馨的纤指把它们的头颅扶起，
又用竹竿和柳树皮支持它们的身姿；
如果这些花是她自己的儿女，
她也不能护理得更温存体恤。

一切害虫，啃啮花木的蛆；
不洁的东西，不美的形体，
她都给装进一只印度筐笼，
抛弃到远远隔离的荒野林丛。

为了使可怜的被逐昆虫得以疗饥，
筐里还装满了她双手所能采集的
最鲜嫩的野花和青草作为食物——
它们虽然为害，本心却也无辜。

但是蜜蜂和生命短促如电的蜉蝣，
喜欢亲吻甜蜜花唇的柔软飞蛾，
全都无害，她就加以收容，
充当身边供她驱使的仆从。

还有羽化前蝶蛹的许多坟墓，
未来的蝶正在梦着未来的生活，
她都听任它们留在平滑、黝黯
散发松脂清香的雪松树皮上边。

这位最美的美人从早春起
就这样活动在那座花园里，

又经过整个迷人的夏季，
未见第一片黄叶——她竟死去！

第三部分

整整三天，这美妙园中的花朵就像
月亮醒来后的星星，也像月亮
穿过维苏威浓烟升空以前[①]
贝伊湾里的海面，一片阴暗。

到第四天，那敏感的含羞草，
感觉到了丧葬哀乐的音调，
抬棺者的脚步，沉重而迟缓，
吊丧者的哭泣，悲切而凄惨。

疲惫的声音，粗浊的呼吸，
死亡通过时无声的轻移，
棺材缝隙透出来的气味，
寒冷、阴湿，使人压抑。

阴暗的草和草丛中的花朵，

① 维苏威：意大利的一座火山。

泪珠闪烁，当送丧的行列走过；
风从它们的叹息感染到哀音，
坐在松林中，以呻吟回答呻吟。

一度美好的花园变得脏臭阴冷，
像具死尸，失去了她——它的灵魂，
起初还恬静，仿佛是在安睡，
后来逐渐变化，终于变成为
使不哭的人要战栗的一堆。

夏季的急流向秋日行进，
寒霜开始在晨雾中驰骋，
虽然中午的阳光明媚，
嘲笑着黑夜的暗中劫掠。

玫瑰花瓣像绯红的雪片，
覆盖着下面的草地和苔藓。
百合花垂下头去，像病人垂危，
头颅和皮肤苍白而憔悴。

芳香、艳丽的印度花草，
在饮露为生的族类中最为美妙，
如今却日复一日，叶复一叶，

零落委地，化为寻常污泥。

棕色的黄色的灰色的红色的
和有着死尸才有的白色的落叶，
像鬼魂的队列乘干燥的风飞行，
它们的呼啸使空中的飞鸟惊心。

一阵阵疾风把有翅的种子唤醒，
带它们脱离诞生地丑恶的杂草远行，
直到在许多娇美花朵的梗茎上黏附，
又随梗茎的腐烂埋入泥土。

小河里的水中花朵，
也从茎上纷纷凋落，
漩流驱送它们到这到那，
像旋风卷带空中的飞花。

接着大雨倾盆，折断的花茎
弯曲，纠缠，散落在园中小径；
棚架上落尽叶片的寄生藤蔓
和一切娇美鲜花，全都凋零不堪。

在风起和雪飘之间的时光，

令人憎恶的杂草开始生长，
粗糙的叶面上斑点密布，
像蟾蜍脊背，像水蛇腹部。

蓟草、荨麻和毒麦之类，
酸模草，菲沃斯和阴湿处的毒芹，
都把中空的长梗伸出来
堵塞空气，闷死的风腥臭难闻。

还有名称不雅难以入诗的植物，
使这里充斥着畸形的低矮草木，
有刺的，多汁的，起疱的，青色的，
铅灰色的，沾着星星点点苍白的露水。

它们苔藓状的枝叶一片片腐败剥落，
粗壮的茎像处决凶手的火刑柱立着，
零星的残皮剩肉仍在高处颤抖，
把疫疠传染给从旁经过的气流。①

蘑菇，毒蕈，各色各样的霉菌，

---

① 这一节见于雪莱诗集的1820年版本。在1839年以后的历次版本中，这一节都被雪莱夫人删去。

像迷雾从阴湿寒冷的泥土上升，
苍白而又肥厚，像腐烂的尸身，
感受了生命的灵气而又在活动。

菌丝，莠草，垃圾，有毒的渣滓，
使流动的小河淤塞，不再喧响，
河口的菖蒲有如木桩，用它们的根子，
像纠缠成结的水蛇，形成挡水的坝墙。

在空气停滞的日子，每时每分
有毒的雾气不断向上升腾，
早上看得见，中午摸得着，夜晚，
形成星光难以溶化的浓重黑暗。

油腻的陨落物飞掠、蠕动在花枝间，
在正午的天光下无法看见；
一旦落在枝条上，这枝条
就被致病的毒液腐蚀而枯焦。[①]

含羞草哭了，却又好像有谁
禁止啼哭，用成对的叶片把泪水

---

① 以上两节是诗人对城市空气工业污染的生动描绘。

噙住，噙住的泪水逐渐凝缩，
变成了冻结的胶状病毒。

叶片很快就凋落了，枝条
也很快被狂风的重斧砍掉；
汁液从每一条孔隙收缩到根上，
像血液回流到就要停跳的心脏。

因为冬季来到了，风是他的鞭子，
向嘴唇伸出一根布满皱纹的手指；
从山岭间扯来一条条瀑布，
像锒铛作响的手铐挂在他腰部。

他的呼吸是锁链，不声不响
就把土地、空气、流水全都绑上；
他坐着暴风牵引的车辇来了，
那风比北极的烈风千倍狂暴。
于是恶草，死的有生变象，
便逃到地下，躲避严寒冰霜。
它们的枯萎和突然离去，
只不过像鬼魂的暂时消逝！

而在含羞草根部的底下，

鼹鼠和睡鼠却死于匮乏；
鸟儿从凝冻的空中僵死跌落，
接住它们的树枝已经赤裸。

起先，下了一场解冻的雨，
那阴郁的雨点却又在树上冻住，
然后，一种寒冷的露蒸发上天，
蒸发的水汽又变成解冻的雨点。

而北方来的旋风到处游荡，
像嗅出了死婴尸臭的饿狼，
摇撼这样结冰而沉重僵硬的树，
又用坚利的爪子把它们攫去。

当冬季过去，春天又复归来，
含羞草成了没有叶片的残骸，
菌类、毒麦、酸模草和曼陀罗
却像死尸从毁坏的坟墓中复活。

结 语

含羞草，或是在它的梗茎
腐烂以前还像一个精灵
寄寓其中的神魂，这时是否

感觉到了这变化，我很难说。
那姑娘的，不再和散发爱和情
（像星星散发光明）的外形
结合在一起的优美心灵，是否在
失去欢乐的地方找到了悲哀？

我不敢猜：但是既然在生活里，
一切都是表象，没有什么是真的，
充满了谬误、愚昧和纷争，
我们自己只是梦中的幻影，

那么，这虽是个简朴的信念，
考虑到了却足以令人开心颜，
那就是承认：和万象一样，
死亡的本身也必定是虚妄。

那可爱的花园，那美好的姑娘，
那里所有的美的气味、美的形象，
其实，从来没有消亡，变化了的
不是他们，是我们和我们的一切。

对于爱，对于美，对于喜悦，
既不存在变化，也没有毁灭，

它们的威力超越过我们的感官，
感受不了光明是由于本身阴暗。

（1820年3月于比萨）

云[1]

我为干渴的花朵，从海洋、从江河，
　　带来清新充沛的甘霖，
我用凉荫遮蔽绿叶，当他们都息歇
　　在中午午休时的梦境，
我从翅膀摇落下露滴，去唤醒那些
　　鲜嫩萌蘖，甜美蓓蕾，
当她们的母亲围绕太阳舞蹈着轻摇
　　让她们贴着胸脯入睡。
我挥动冰雹的枷把绿色原野捶打，
　　直打到他有如银装素裹，
再用雨水把冰融掉；我有时哄然大笑，
　　当我在雷鸣声中走过。

我筛落纷纷雪片，洒遍下界叠嶂重峦，
　　大松树由于惊恐而呻唤，

---

① 《云》的原作，单数行押行内韵，双数行隔行互押，这里的修订译文，以相同或相近的韵，基本上弥补了初译本未能译出单数行行内韵的缺憾。

皑皑白雪松软，是我通宵达旦的枕垫，
　　当我在烈风怀抱中入眠。
在我空中楼阁之内，高高端坐着一位
　　庄严的闪电，我的驭手，
座下有洞窟一口，雷霆在其中幽囚，
　　一阵阵挣扎着发出怒吼；
越过海洋和陆地，这位驭手步履轻捷，
　　温柔地指导着我巡行，
顺从在紫色波涛深心活跃着的精灵
　　以她们的爱对他的诱引。
越过湖泊、河川，越过山岩、平原，
　　越过连绵起伏的山峰，
无论他梦在何处，他所眷恋的仙女
　　永远在山底，在水中；
虽然他会在雨水中消融，而我始终
　　沐浴天庭蓝色的笑容。

血红的朝阳初升，睁开明亮的眼睛，
　——当启明发出惨淡的光辉——
抖开他熊熊烈火的翎羽，一跃而起
　　跳上我扬帆的飞霞脊背，
像一只飞落的雄鹰，羽翼灿烂如金，
　　在一座正经历着地震

不断摇晃、抖颤，不安的峻峭峰巅，
　　稍事栖息短暂的一瞬。
当落日从下界海域波光潋滟处吐露
　　渴望爱和安谧的热情，
在黄昏的上空，绯红的帷幕也开始从
　　天宇的至深处所降临，
我便敛翅安息在清虚的巢内，像鸽子
　　孵卵时节一样地宁静。

焕发出白色火光的那位圆脸盘姑娘，
　　凡人们都称她为月亮，
朦朦胧胧走来，滑行在被夜风所展开
　　我那羊毛般的地毯上；
不论她无形的双足，轻轻落在何处，
　　轻到天使才能听得见，
若是把我的帐篷顶部轻罗踏出裂缝，
　　星星便从她背后窥探，
我会不禁发笑，看到他们穷奔乱跳，
　　就像拥挤的金蜂一样，
我会撑大我的风造帐篷裂开的破洞
　　直到宁静的江湖海洋
仿佛穿过我的隙缝落下的片片天空，
　　也镶嵌着星星和月亮。

我用燃烧的缎带缠裹那太阳的宝座，
　　　　用珠光束腰环抱月亮；
火山会黯然无光，星星颠簸，摇晃——
　　　　当旋风把我的大旗张扬。
从地角到地角，仿佛是恢宏的长桥
　　　　横跨海洋的波涛汹涌，
我高悬空中，似不透阳光的巨大屋顶，
　　　　柱石是那些崇山峻岭。
我挟带着雨雪、电火和飓风，穿越
　　　　宏伟壮丽的凯旋门拱，
大气的各种威力，把我的车驾挽曳，
　　　　门拱是气象万千的彩虹；
火的球体在上空编织着柔媚的颜色，
　　　　湿润的大地绽露笑容。

我原是那大地和水所育的亲生女儿，
　　　　也是无垠天空的养子，
我往来于陆地和海洋的一切孔隙——
　　　　我变化，但是，不死，
因为雨后的天庭虽然洁净不染纤尘，
　　　　一丝不挂，一览无余，
清风和太阳，用光线凸圆的阳光

建造起蔚蓝色的穹庐，
我却默默地嘲讽我这座虚空的坟冢，
钻出蓄积雨水的洞穴，
像婴儿娩出母体，像鬼魂飞离墓地，
我腾空再次把它毁却。

（1820年）

致云雀[1]

你好啊，欢乐的精灵！
　你似乎从不是飞禽，
从天堂或天堂的邻近，
　以酣畅淋漓的乐音，
不事雕琢的艺术，倾吐你的衷心。

向上，再向高处飞翔，
　从地面你一跃而上，
像一片烈火的轻云，[2]
　掠过蔚蓝的天心，
永远歌唱着飞翔，飞翔着歌唱。

---

① 云雀：黄褐色小鸟，构巢于地面，清晨升入高空，入夜而还，有边飞边鸣的习性。《致云雀》是雪莱抒情诗中的珍品。云雀，曾经是19世纪英国诗人经常吟咏的题材。比雪莱长22岁已经名噪于时的前辈诗人华兹华斯也有过类似的作品，读到雪莱的这首诗而自叹弗如。雪莱在这首诗里以他特有的艺术构思，生动地描绘云雀的同时，也以饱满的激情写出了他自己的精神境界、美学理想和艺术抱负。语言也简洁、明快、准确而富于音乐性。

② "像一片烈火的轻云"，不是写云雀的形貌，而是按照"火向上以求日"的意思写它上升的运动态势。（据《爱丁堡评论》1871年4月号。）

地平线下的太阳，[1]

　　放射出金色的电光，

晴空里霞蔚云蒸，

　　你沐浴着明光飞行，

似不具形体的喜悦[2]开始迅疾地远征。

淡淡的紫色黄昏

　　在你航程周围消融，

像昼空里的星星，

　　虽然不见形影，

却可以听得清你那欢乐的强音——

那犀利无比的乐音，

　　似银色星光的利箭，

它那强烈的明灯，

　　在晨曦中逐渐暗淡，

以至难以分辨，却能感觉到就在空间。

整个大地和大气，

---

① 原文 sunken sun，为沉落的太阳，对于前一天为落日，对于新的一天则是尚未从地平线下升起的太阳。

② 有人认为原文此处的 unbodied 本来应该是 embodied（据《爱丁堡评论》1871年4月号）。准此，则此处可译为“似具有形体的喜悦”或“似有形的喜悦”。

响彻你婉转的歌喉，
仿佛在荒凉的黑夜，
从一片孤云背后，
明月放射出光芒，清辉洋溢遍宇宙。

我们不知，你是什么，
什么和你最为相似？
从霓虹似的彩霞
也降不下这样美的雨，
能和你出现时降下的乐曲甘霖相比。
像一位诗人，隐身
在思想的明辉之中，
吟诵着即兴的诗韵，
直到普天下的同情
都被未曾留意过的希望和忧虑唤醒；[①]

像一位高贵的少女，
居住在深宫的楼台，

① 对这一节的理解，可参看雪莱为长诗《阿多尼》所写前言（被删节段落）。他说他的为人，畏避闻达；他所以写诗，是为了唤起和传达人与人之间的同情。而雪莱的同情首先是对于人类争取从奴役、压迫、贫困和愚昧中解放出来的事业的同情。在《赞智力美》一诗中，他宣称他“热爱全人类”，其实“全”也不全，因为他反对人类中的暴君、教士及其奴仆。这里，他认为，诗人应该以值得关注而未被留意过的希望和忧虑去唤醒全人类的同情。

在寂寞难言的时刻，
　　排遣为爱所苦的情怀，
甜美有如爱情的歌曲，溢出闺阁之外；[①]

像一只金色的萤火虫，
　　在凝露的深山幽谷，
不显露它的行止影踪，
　　把晶莹的流光传播，
在遮断我们视线的芳草鲜花丛中；

像一朵让自己的绿叶
　　荫蔽着的玫瑰，
遭受到热风的摧残，
　　以至它的芳菲
以过浓的香甜使鲁莽的飞贼沉醉；

晶莹闪烁的草地，
　　春霖洒落的声息，
雨后苏醒的花蕾，

① 其实这一节所写的岂止是思春的少女，也完全有理由认为是雪莱的自况。他爱一切美好的事物，美好的事业，他爱“全人类”，但是他的爱在当时甚至不被自己的同胞所理解，而使他感到寂寞和为爱所苦。诗，是他的爱不能自己的流露。

称得上明朗、欢悦、
清新的一切，全都不及你的音乐。

飞禽或是精灵，有什么
甜美的思绪在你心头？
我从来还没有听到过
爱情或是醇酒的颂歌
能够迸涌出这样神圣的极乐音流。

赞婚的合唱也罢，
凯旋的欢歌也罢，
和你的乐声相比，
不过是空洞的浮夸，
人们可以觉察，其中总有着贫乏。

什么样的物象或事件，
是你欢乐乐曲的源泉？
什么田野、波涛、山峦？
什么空中陆上的形态？
是你对同类的爱，还是对痛苦的绝缘？

有你明澈强烈的欢快，
倦怠永不会出现，

那烦恼的阴影，从来
近不得你的身边，
你爱，却从不知晓过分充满爱的悲哀。[①]

是醒来，抑或是睡去，[②]
你对死的理解一定比
我们凡人梦想到的
更加深刻真切，否则
你的乐曲音流怎能像液态的水晶涌泻？[③]

我们瞻前顾后，为了
不存在的事物自扰，
我们最真挚的欢笑，
也交织着某种苦恼，
我们最美的音乐是最能倾诉哀思的曲调。

可是，即使我们能摈弃

---

① 在以上三节中，雪莱认为没有高尚、优美的思想和情操，就不可能创造出美的艺术。因此，赞婚的合唱、凯旋的欢歌总有着某种贫乏。而对同类的爱和对痛苦的绝缘，却是他所珍视的品质。所谓对痛苦的绝缘，是指遇挫折而不馁，处逆境而泰然，胸怀坦荡，超然于痛苦之外。

② 这是指对死的理解，绝不是指云雀的精神状态。有人认为死是从如梦的人生醒来，有人认为死是长眠。

③ 凡人认为死亡是最大的痛苦。雪莱认为，只有参透了生死的真谛，才能超然于痛苦之外，摆脱庸俗的恐惧和忧虑，上升到崇高的精神境界。

憎恨、傲慢和恐惧，
即使我们生来不会
抛洒任何一滴眼泪，
我也不知，怎能接近于你的欢愉。

比一切欢乐的音律
更加甜蜜美妙，
比一切书中的宝库
更加丰盛富饶，
这就是鄙弃尘土[①]的你啊你的艺术技巧。

教给我一半，你的心
必定熟知的欢欣，
和谐、炽热的激情
就会流出我的双唇，
全世界就会像此刻的我——侧耳倾听。

（1820 年夏）

① “鄙弃尘土”，在这里语义双关：既描写云雀从地面一跃而起，升上高空。又表达了诗人对当时流行的诗歌理论、评论以及一般的庸俗、反动的政治、社会观念所持的鄙弃态度。

自由颂[①]

然而，自由，然而，你的旗帜，虽破碎，却依旧飘扬，似雷霆暴雨，迎风激荡。

——拜伦

一

一个光荣的民族，又一次掣动
　各族人民的雷电：在西班牙
从城堡到城堡，从心灵到心灵，
　自由的明光迸发，漫天喷撒
富有感染力的烈火。我的灵魂[②]
　　把惊恐的链索抛弃，

① 这首诗写在西班牙1820年1月革命起义爆发之后。关于那次事件，玛丽·雪莱在1820年3月26日致友人信中写道："我想你该已听到这消息——那位可爱的斐迪南颁布了1812年的宪法，召集了议会。有陪审的审判庭成立了，地牢打开了，爱国志士涌出了牢门。这很好。我倒希望我此刻是在马德里。"这首诗回顾了自由的发展过程，最后向各族人民发出为自由而斗争的号召。

② 1820年1月，西班牙再次爆发革命，迫使国王斐迪南七世接受了1812年的资产阶级宪法。同年8月，邻国葡萄牙爆发革命。1820年到1821年间，意大利也爆发了革命。

展开歌声敏捷的羽翼，
（像年轻的鹰，在朝霞中翱翔，）
庄严而坚强，在诗的韵律中，
在惯常的猎物上空盘旋；
直到精神的旋风，从荣誉之天[①]
把它摄引，以生气蓬勃的火焰
充满太空的遥远星球，似飞舟激起浪花，
从背后把光芒投射。天宇深处
传来悠扬歌声，我将如实记录。[②]

二

“太阳和恬静的月亮赫然出现，
燃烧在深渊的星星升入
苍天深处。这奇妙的地球
——天体海洋的岛屿，
在支持万物的大气云雾中悬浮。
但是这时，神圣的宇宙

① 雪莱认为“爱和荣誉是诗人的食粮”。他的荣誉观是和诗人的社会责任感紧密联结在一起的。这里是说他的社会责任感使他放弃诗韵的惯常主题，而来歌颂自由和争自由的斗争。通过这一曲颂歌，他回顾历史，展望未来，鼓舞人民。

② 在西班牙起义的鼓舞下，诗人狂喜的灵魂飞越时空的界限，驾着诗韵的翅膀翱翔，并听到了一个声音。以下第二节到第十八节就算是这个声音所唱。

仍然是混乱和灾难的渊薮，
因为你[1]尚未诞生；只有以恶造恶的暴力，
走兽，飞禽和水族的精神
已经像是点燃的火种，
无尽无休的战争在他们之间进行，
绝望，盘踞在他们内心。
他们被蹂躏的养母，发出痛苦的呻吟，
哀叹着兽与兽、虫与虫、人与人厮杀不已，
每一颗心是一座充满狂风暴雨的地狱。

三

“这时，人，这庄严的形体，
在阳光灿烂的天宇下生儿育女；
对于芸芸众生，亿万生灵，
宫殿、庙堂、陵墓和监狱
还只像是山狼破敝的巢穴。
生息不已的广大人类，
野蛮、粗暴、诡谲而愚昧，[2]
因为你尚未诞生；在这万姓麇集的荒原，

① “你”指自由。雪莱不认为自由是自然的属性，他认为没有理性就没有自由。
② 雪莱又认为没有自由也就不能发展理性，而人类的野蛮、粗暴、诡谲和愚昧，则是暴君和教会双重奴役的后果。

像狰狞的乌云笼罩着空旷的海洋，
　　专制的暴政高悬在上；下面
　盘踞着奴隶聚集者：封神的瘟疫姑娘；[1]
　　依仗金钱和鲜血维持生命，
血腥和铜臭浸透灵魂的教士和暴君
　则从四面八方把受惊的人群
　驱赶进她那宽阔翅膀的阴影。

四

“希腊颠荡的海岬，蓝色的海岛，
　浮云似的山峦，偶然掀起的波涛，
都沐浴着慈惠苍天开朗的微笑，
　荣光闪耀；从他们灵感的孔窍，
预言的回音发出了隐约朦胧的韵调。
　　在无忧无虑的原始荒郊，
　　适口的橄榄、谷物、葡萄，
尚未驯服于人的食用，还在野生野长；
　但是，像海底含苞待放的蓓蕾，
　　像潜伏婴儿大脑的成人智慧，

① 瘟疫姑娘：指宗教，原文 Sister pest，亦可理解为“姊妹瘟疫”即暴政之外的另一种瘟疫——宗教。

像蕴含着未来的一切，不朽的艺术之梦
尚为派洛斯[1]丰盛的大理石矿脉隐蔽；
诗，还是不善辞令，牙牙学语的孩童，
哲学，已为寻找你的形影而努力张望，
睁大永不闭合的眼睛；这时爱琴海上。

五

“兴起了雅典——壮丽的城邦，
仿佛要嘲弄最杰出的建筑工匠，
矗立在紫色悬崖的基石之上，
白云雉堞、银色塔堡，像梦幻一样，
万顷碧波铺地，屋宇是暮色中的穹苍，
门廊里驻守着一群
腰间束着雷霆的暴风，
头枕云霓的翅膀，额上的花冠燃烧着
太阳的烈火，啊，神圣的工程！
而更为神圣的雅典，柱石巍峨，
矗立于人的意志，有如矗立于钻石山岭，
因为你已诞生。你万能的创造技巧
以不朽的大理石仿造了不朽死者的形象，

① 派洛斯：爱琴海上的一座岛屿，盛产大理石。

不朽的形象布满了那座山岗，[1]

你最早的宝座，最近的宣谕殿堂。[2]

六

“在飞逝而去的时间激流波涛表面，

至今仍浮现着它那布满皱纹的容颜，

一如当年，永不安定，永远抖颤，

但是永不会消失，常留在人间。

你的贤哲和诗人，他们的语声歌声，

似雷霆挟着揭地掀天的暴风

穿越过昨日的洞穴轰鸣至今，

使压迫惊慌退缩，使宗教蒙上眼睛；

似充满欢乐、新颖和爱的乐曲飘扬，

冲破了时间和空间的帷幕，

在期望也从未到达过的高空飞翔！

似海洋哺育河川、云雾和雨露，

似太阳把天庭照亮，似那伟大的宇宙精神

用生命、用爱使混沌的世界永葆青春，

① 山岗：指雅典的阿克罗波里斯山。

② 雅典：古希腊的为首城邦，曾在奴隶制的条件下实行过奴隶主和自由民所享有的民主。雪莱认为雅典是自由的最早的宝座。所谓“最近的宣谕殿堂”，是指希腊人争取从土耳其奴役下解放出来的斗争做出了为自由而献身的榜样。

雅典用你的喜悦使人间焕然一新。

七

“而后罗马诞生，像幼狼就哺于
　迦德穆斯[①]的女祭司，从你美妙的乳房
吮吸伟大的乳浆，和你最钟爱的
　尚未断奶的幼儿一同分享天国的营养；[②]
许多恐怖的正义事业，由于你的眷爱，
　　　获得了神圣的地位和尊严；
　　　沐浴着你的笑容，在你身边，
迦弥拉[③]一生圣洁，阿蒂留死得坚毅。
　而当泪水染污了你白袍的贞洁，
　　黄金亵渎了卡匹托林山[④]上你的王位，
　你便凭借神灵羽翼的轻捷，

① 雪莱原注：见攸里庇底斯“Bacchae”。译者按：“Bacchae”：译《酒神的伴侣》或《巴凯》第699—700行说，酒神的底比斯女信徒哺育幼狼。迦德穆斯是底比斯的开国君主。

② 尚未断奶的幼儿：指希腊。以上四行大意是，罗马继希腊之后，领会到自由的真谛。

③ 迦弥拉：公元前5—前4世纪间罗马政治活动家，曾任护民官和执政官，于公元前390年，拯救罗马于高卢人的侵略和压迫之下。阿蒂留，公元前3世纪罗马执政官，在战争中被迦太基人所俘；迦太基人派他随使节同去劝说罗马人接受和议，议成即可将他释放；但他抵达罗马后，仍主张罗马继续作战，并自动返回迦太基狱中，最终被杀。

④ 卡匹托林山在罗马城内，山上有神殿。

弃僭主们的元老院而去，
他们已沦为一个僭主的卑微奴隶。①
帕拉亭山以叹息模仿着艾奥尼亚的歌曲，
你曾留步谛听，但又悲声否认它属于你。②

八

“是从北冰洋上哪一处松林覆盖的地角，
是从里海边哪一条冰封的山峦或山坳，
是从哪一座人迹难以到达的远方小岛，
你为你王朝的覆灭发出悲痛的哀悼，
教导丛林、波涛、沙漠的岩石和陆礁
和水神的每一口阴冷的水瓮，
以悲怆但又十分坚定的回声
谈说人们竟敢忘怀的庄严崇高的古风遗教？
因为你既不理会北欧诗人梦中神奇的羊，
也没有出现在克尔特巫师的睡乡，③

① 指奴隶主阶级的民主政治被奴隶主寡头独裁所取代。

② 帕拉亭山是罗马七山之一，是这座古城的原址，后来奥古斯都大帝及其后继者都定居于此。这里指罗马帝国的作家对希腊诗歌的模仿，尤指维吉尔的《艾尼德》对艾奥尼亚（古希腊属地）的荷马的模仿。（维吉尔是得到奥古斯都大帝恩宠的作家。）雪莱在这里是说罗马曾模仿希腊文化，但未能学到自由精神。

③ 这两行是说，在欧洲北部的条顿和克尔特两大种族中，都找不到自由的影子。

纵然掠过你蓬乱的发卷如雨落下的泪水
转瞬间也就干燥，那又有何妨?
因为当加利利之蛇从死海爬来屠杀、焚烧，
使你的世界化为形迹模糊的一片，①
你并不哭泣，虽然你痛苦地哀叹。②

九

“整整一千年，大地在呼问，‘你在何方？’
然后，你姗姗迟来的影子才落到
橄榄枝圈饰的撒克逊艾弗烈的头上；③
落到许多个勇士聚居着的城堡。
它们像烈火从海底拥起的一座座山冈，
崛起在神圣的意大利，④
楼塔轩昂，器宇宏伟，
横眉冷对君王、主教和奴隶汇成的海洋；
形形色色的暴政从四面袭来汹涌如潮，
遇到它们的城墙，便似无力的泡沫一般，

---

① 加利利和死海都离耶路撒冷不远。加利利之蛇，指基督教。这一行说的是基督教的传播，教会的统治，和对“异教徒”（主要是伊斯兰教徒）的战争。
② 哀叹而不哭泣：是因为自由虽遭劫难却不丧失必将胜利的信心。
③ 艾弗烈（849—901）：西撒克逊国王，曾多次战胜民族敌人，创设陆海军，奖励文学，颁布法律，号称贤主。
④ 指在意大利半岛上出现的自由城邦。

而发自人类精神深处的新颖曲调，
　　已经以爱和凛然不可侵犯的威严
使杂乱的乌合之众目瞪口呆；不朽的艺术
　又用神奇的魔杖在我们的家园勾画图样，
　以便在尘世建造起天国永久的殿堂。

十

“你啊，比月神[①]更为矫捷的猎者！你啊
　人世豺狼的灾星！你箭袋中的利箭
像阳光，可以射穿以暴风为翅膀的乖谬，
　就像白昼的明光能把平静的东方
开始分崩离析的一片片浮云射透！
　　　路德[②]领悟了你的召唤的目光，
　　　这目光似闪电从他沉重的矛上
反射到四面八方，使那些就像坟墓
　困惑着各民族的虚幻假象[③]瓦解冰释；
　　英格兰的先知以他们奔流不息
　但又永不会消逝的歌声欢呼过你，

① 月神：狄安娜，为狩猎和女性贞洁的守护女神。
② 即马丁·路德（1483—1546），德国宗教改革家。他揭露罗马教会的腐败，自立新的教会，体现了日耳曼民族的觉醒和争取独立、自由的意向。
③ 这种“虚幻假象”的本质是神权和君权的封建统治。

像欢呼自己的女王！你的形迹
也没有避过弥尔顿的精神的视野：
在悲苦的境遇里，露出忧郁的面容，
透过他的黑夜，见到了你的行踪。[①]

十一

“迫不及待的时辰，殷勤热切的年岁，
仿佛站在曙光初照的山冈，
顿着脚要使喧闹的希望和忧虑闭嘴，
各以自己众多的数量胜过对方，
并且高声呼唤着：‘自由！’愤怒，
从她的洞穴里回答怜悯，
死亡在坟墓里脸色发青，
荒凉向破坏者号叫着：‘救命！’当你
像为自己的荣光笼罩的太阳一样升起，
从国家到国家，从一方到另一方，

---

① 约翰·弥尔顿（1608—1674）：英国政治活动家、大诗人。曾参加推翻查理二世的革命，并在短命的共和政府中任职。晚年境遇悲苦，双目失明。这里“精神的视野”和“他的黑夜”都是指他的失明。在失明后写成的杰作《失乐园》中，他用诗歌塑造了一个敢于同上帝抗争的英雄魔鬼形象。

九、十两节的大意是：在艾弗烈的时代，自由的精神重现；意大利兴起了一些共和城邦，在自由精神的影响下，成了艺术的家乡；然后，自由精神也出现在路德的宗教改革运动中，出现在弥尔顿等作家的笔下。

像驱赶黑影，追逐你的仇敌；
仿佛在西方的汹涌波涛之上
日光撕裂了睡梦中的午夜天宇，
人们突然被你陌生眼睛的电光惊醒，
怀着惊喜的心情，踉跄着迈步前进。

十二

“你啊，地上的天堂！究竟是什么符咒，
曾能用不祥的阴影把你蒙蔽？
从压迫的巢穴粪土中诞生的一千个年头，
用血和泪玷污了你晶莹的明辉，
直到你的美妙的群星得以把污点哭去；
多么像是嗜血的酒徒——
毁灭的手执玉笏的奴仆，
愚蠢的头戴主教冠的后裔，在阴森的酿酒期，[1]
围困着法兰西！这时，和他们相似
却更强有力，凭借你被迷惑的威力，
一个暴君[2]崛起，于是军队和军队混战，

① 指欧洲封建势力对法国资产阶级革命的联合围剿。酿制葡萄酒首先是榨取葡萄汁，汁如血。

② 此处的“暴君”或译“僭主”，指拿破仑·波拿巴。他的威力来源于反封建的革命旗帜，所以，说他是凭借被迷惑的自由的威力而崛起的。

似遮蔽恬静天宇的乌云互相堆积。
虽然迫于过去的追逼[①]，他已和死去的人们
一同沉睡，但是那些难忘时日的阴魂，
至今仍使古堡中得胜了的君王心惊。[②]

十三

“英格兰还在睡：难道不曾有谁呼唤过她？
如今西班牙在呼唤她，[③]像维苏威
要用尖锐的雷声去唤醒埃特纳，[④]
它的回答把积雪的崖粉碎：
在波光粼粼的海面，从皮塞库萨
到佩勒鲁斯，每一座希腊海岛
欢呼跳跃，在合唱声中光芒远照；[⑤]
它们高呼：‘灭了吧，高悬顶空的天庭明灯！’
她的链条是金线，只需她[⑥]一笑，
就会熔化掉；西班牙的却是坚钢，

① 迫于过去的追逼：指法国反动复辟势力和欧洲封建势力的反扑。
② 第十一、十二两节的大意是：随后，自由精神得到了复活；但是由于法国革命的暂时失败而又受挫。
③ 西班牙以自己的革命作为榜样召唤英格兰。
④ 维苏威火山在意大利半岛，埃特纳火山在西西里岛上。
⑤ 皮塞库萨和佩勒鲁斯都是希腊海岛。这里是说，西班牙的革命鼓舞了希腊人反抗土耳其奴役的斗争。
⑥ 这里的“她”指英格兰。

要粉碎须用至善和正义的锋利锉刀。
同一命运的孪生姐妹[①]，去求助西方，
向在茫茫西方君临我们的永恒的年岁求告；[②]
以你们所想过、所做到的一切，像用印章，
以时间不敢隐藏的那一切印在我们心上。[③]

---

① 这一对命运相似的姐妹是指西班牙和英格兰。

② “西方”是日月沉没的方向，因而是永恒的年岁被尊为王的地方。年岁（复数）之所以永恒是由于发生过有永恒意义的历史事件。因此，我以为这一行的意思是向历史，向历史所揭示的必然汲取智慧和力量。下文“时间”也是指历史。

③ 第十三节的大意是：西班牙召唤英格兰争取自由。雪莱认为，这个任务要比西班牙所承担的容易完成得多。

这一节的最后四行，语义比较隐晦，有各种不同的解释。现将四位注家的注释摘译附录如下：

斯温朋说：“诗人要这两个民族（同一命运的孪生姐妹）吁请未来的那些岁月。”随后两行的意思，斯温朋认为是，“以时间不敢隐藏的，你们所思考、所完成的一切，在我们身上留下印记。”（《论文和研究》，189 页。）

福曼认为，原文中的 us 应该是 as。他说：“我以为，诗人似乎是在号召英格兰和西班牙一同起来，并吁请共和主义的美洲的未来，以美洲的共和主义运动已经和应该想到和做到的一切，像用印章那样，在她们身上留下印记。用以支持这一号召的，是一个简单的命题，即：时间不敢隐瞒一切。”

伍德伯利在注释中说：“这几行含有两重呼吁：一、吁请美洲所体现的未来；二、吁请过去，吁请西班牙和英格兰历史所实现过的，也就是曾经出现过而时间所不敢忘怀的伟大时代，以印章的明确和清晰程度，把你（自由）的形象和对你的记忆，牢牢刻在人们的脑海里。……‘你们所想过、所做到的一切，等，应作为吁请的话来理解。”

亚历山大则认为：“……‘永恒的岁月’所指，似乎不是未来，而是过去。”理由和我的理解相同：“因为岁月随落日消逝于西方。”他对后一部分的理解，与斯温朋和伍德伯利相同。

十四

“阿弥纽斯[①]的坟墓！请把你的死者高举，
　愿他的灵魂像哨楼的旌旗招展，
在暴君的头顶上空迎风飘舞；
　啊，为君主所欺骗的日耳曼，
痛饮真理神秘之酒的狂徒，
　　　他的墓志铭应该是你的胜利！[②]
　　　他死去的精神正活在你的躯体。
我们何必又期望又担忧？你[③]已自由！
　你啊，这光荣神圣世界的失乐园！
　　你啊，鲜花怒放的荒芜大地！
　你啊，永恒的岛！你啊，又是祭坛，
　　荒凉正在这里披着美的外衣，
向昨日之你膜拜顶礼！哦，意大利，[④]
　快振作起你的血气！把那些以你
　神圣的殿堂为巢穴的兽类赶出去。[⑤]

---

① 阿弥纽斯（前 18—19 或 21）：日耳曼民族英雄。公元 9 年，他率领部族，把罗马大军阻挡在莱茵河彼岸，保住了日耳曼的自由。

② 自由事业的胜利才能使他安息。

③ 你：指意大利。

④ 荒凉而美的古罗马文化遗迹仍使人缅怀自由精神盛衰显隐的往昔。

⑤ 第十四节是向日耳曼和意大利呼吁。

十五

“哦，愿自由的人把君王这邪恶的名义
　踏入粪土！也可以就写在那里，
让这荣誉篇章上的污点有如蛇行遗迹，
　任轻风去擦拭，平沙使它湮灭！
你们，已听到那庄严睿智的神谕：
　　　快举起闪耀胜利光辉的剑
　　　斩断这腐朽而且邪恶的字眼
所构成的蛇结，这个字本身虽然无力[①]
　像残秸断梗一样脆弱，却可以
　　把震慑人类的棍棒和斧钺
　结成无可辩驳是强有力的集合体；
　　它的声音就有毒，会引起疫疠，
这就是使生活腐败、污浊、可憎的病原体，
　你不该不屑于在命定的时日，用你
　武装的脚踵踏死这不甘灭亡的虫豸。

① 斩断……蛇结：意为快刀斩乱麻地解决难以解决的问题。在这里是指一举结束封建君主制的统治。

十六

“哦，但愿智者以他们光辉的头脑，
　点燃这阴暗世界穹庐的明灯，
以便使教士这苍白阴森的名号
　——恶魔对人类的傲慢的愚弄，
退缩回去，回到它在地狱的老巢；
　　　直到人类的各种思想终于可能
　　　独自跪拜在自己无畏的灵魂
那至尊的理性[①]的宝座前听候裁判；
　像从明净的湖泊升起闪光的水珠
　　形成的云雾把苍天的蓝色容貌遮住，
　来自思想的言辞也常使思想模糊，
　　哦，剥去隐蔽真面目的那层纱幕，
和一切不属于它们的光、色、忧容和笑颜，
　直到真伪都赤裸着面对自己的真主，
　领受他们各自所应得的一份褒贬。[②]

① “理性”一词原文为“未知的力量”，按照雪莱在《赞智力美》一诗中的用法，实指高度发展的智力。这里译为理性。

② 第十五、十六两节体现了雪莱思想有代表性的方面：他认为，人世间的邪恶，大部分都应归咎于不良的政府和宗教；只要人类从它们的影响下解放出来，自然会变好。

十七

“有人曾教导人类，要征服
　从摇篮到坟墓途中的任何事物，
他把人类尊为生活的真主，
　哦，这也于事无补！假如
他由衷拥戴压迫，甘心为奴。
　　　即使大地物产丰富，
　　　能使亿万人衣丰食足，
思想孕育着力量，像树种孕育着树木；
　即使那热心的工艺拍舞着火焰的羽翎，
　　飞往自然的宝座代为恳诉，
　扯住那俯身爱抚的伟大的母亲，
　　祈求她：‘给我，给你的儿女，
支配天上地下的全部权力。’那又能怎样？[①]
　如果生活制造新的贫困，劳苦的人们有一份
　　　收入，
　就被一千倍地夺走你[②]和工艺所给的馈赠
　　　和财富！

---

① 即使工艺发达，能够征服自然，创造财富，又有什么意义？

② 这里的“你”指自由。雪莱心目中的自由，不仅仅是免于奴役和压迫的自由，也包括免于剥削、获得温饱和舒适的自由。这种观点在长诗《暴政的假面游行》中也有生动有力的表述。

十八

“来吧，但是，请像启明召请太阳
　升出黎明的海洋，请引导智慧
走出人类精神至深处的内在心房。①
　我已听到她的车辇，旌旗翻飞，
像彩云驾驭着焰火在空中飞航；
　　　她，和你们——永恒思想的主宰，②
　　　是不是来用庄严的真理
裁判这分配不当的人生安排？
　普遍的爱，平等的正义，
　　未来的希望，过去的荣誉！
　哦，自由！如果这能够成为你的名字，
　　你是否离得开他们，他们是否离得开你；
如果你和他们的珍宝可以用血泪购买，
　难道那明智而自由③的人们不是已经，
　流出了眼泪和眼泪一样的血？”——庄严的
　　　歌声

---

① 雪莱所主张的自由是有理性的自由。

② 这里的“她”指智慧，“你们”指爱、正义、希望和荣誉。所有这些，也就是前面提过的照亮这阴暗世界的明灯，和自由不可分割。

③ 这里的“自由”是指思想上摆脱奴役，无拘无束，无所畏惧。

十九

到此中断，那歌唱的精灵
　突然回到它的深渊；
于是，像一只野天鹅正迎着黎明
　穿过雷烟，沿着自己的航线，
在高空飞行，突然被电火击中，
　　　便穿过金光，坠落地上，
　　　地面发出沉闷的反响；
像夏季的云卸尽满载的雨水而消失形迹，
　像远方的烛光随同夜尽而熄灭，
　　像短命的昆虫随同逝去的一天死亡，——
　我的歌由于翅膀无力而停歇，
　　曾支持它飞翔的伟大声音的回响
消失在远方上空，像刚为泅渡者铺路的海水
　在汹涌起伏的波涛中已把他溺毙，
　在被淹没的头颅周围发出咝咝的声息。

（1820 年初）

给——

一

我畏惧你的吻，温柔的姑娘，
你，不必畏惧我的；
我的灵魂已经负担过分沉重
再不致加重于你的。

二

我畏惧你的姿态、音调、仪容，
你，不必畏惧我的；
真挚无邪，是我内心的热忱，
我热诚崇拜着你的。

（1820 年）

阿列苏莎[1]

一

从冰雪床榻起身，
阿列苏莎启程，
离别了阿克劳瑟拉尼山岭；[2]
穿云雾，过山岩，
蜿蜒曲折向前，
引领着一条条明净的山泉。
从石阶上跳下，
霓虹似的长发
一路随波逐流，飘摇潇洒，

① 据希腊神话，阿列苏莎为水中仙女，在河神阿尔菲的追逐下，从希腊越海逃到意大利西西里岛的奥特基。据说，阿尔菲的河水穿过地中海而不和海水相混，直到奥特基才和阿列苏莎的泉水汇流。又据罗马神话，阿列苏莎本是月神狄安娜的仙女，浴于阿尔菲河中，为河神所追逐，直到奥特基，她求救于狄安娜，这位女神使她变为泉水。由于这条泉水流入河川而不与河水相混，阿列苏莎常被视为入污不染、坚贞纯洁的象征。

② 阿克劳瑟拉尼：古希腊埃庇尔境内山脉，今称基马拉。

迈开轻盈的步履
走下西向的峡山谷
把它铺砌得一派青葱碧绿；
她跳跃，她滑行，
总是吟唱着前进，
温柔的低吟宛如温柔的梦；
大地显然爱她，
苍天给她笑容，
当她逡巡着走向大海之中。

二

这时勇猛的阿尔菲，①
骑乘着严寒的冰川，
用他那三叉钢戟狠刺山峦；
终于在山岩之中
劈开了一道裂缝，
整个艾利曼特山脉②一阵搐动。
这使寂静的雪瓮
启封释放出南风，

① 据希腊神话，阿尔菲为一条河的河神。阿尔菲河，希腊伯罗奔尼撒半岛上最大的河流，经奥林匹亚入地中海。

② 艾利曼特山脉在古希腊阿凯狄亚境内。

获得了释放的黑色的南风，
　　协同滚滚的惊雷，
　　借助于地震雄威，
把囚禁地下泉水的牢笼砸碎。
　　透过奔腾的急湍，
　　可以清晰地看见
这位河神的头发和他的须髯，
　　当他追随那位女神
　　光辉、敏捷的行程，
奔驰着赶到多利斯[①]海之滨。

三

　　“哦，救救我，指引我，
　　快叫那大海隐蔽我，
他已经把我的头发揪着。”
　　喧嚣的大海听清，
　　激动了湛蓝的深心
应着她的祈请，海水豁然中分；
　　于是像一束阳光，
　　大地皙白的姑娘，

① 多利斯：在古希腊境内。

奔逃着潜入海水深处隐藏；
　　她的波浪滔滔
　　也跟随着来到，
却不同多利斯咸涩的海水混淆；
　　仿佛碧玉的海面
　　出现阴暗的瑕斑，
阿尔菲从后面急匆匆地紧赶，——
　　像一只凶猛的鹫
　　穷追着白鸽不舍，
俯冲而下，掠过风云的川流。

四

　　从海洋的神灵
　　在珍珠的宝座
主持水域大政的庭苑下方；
　　穿过汹涌的波涛，
　　珊瑚树丛的枝梢，
越过一堆一堆无价的珍宝；
　　透过海流之间
　　由暗淡的光线
编织成的色彩绚丽的图案；
　　从那些洞窟里面，

林间的夜色一般
朦胧幽暗深绿的波浪下边：——
超过黑色的剑鱼，
赶上一条条巨鲨，
从海洋翻卷似雪的浪花下，
穿过海底的山峦
悬崖峭壁的裂缝，
来到他们在多利斯的家园。

五

如今他们的泉水，
发源于埃纳山内，
向着晨曦抚照的溪谷流泻；
像一度分手的挚友
又结成同心的侣俦，
为着水的事业而辛勤奔走。
旭日初照上蓝天，
他们就纵身向前
跳出高山洞穴险峻的摇篮；
亭午日中时分，
流过山脚的森林
流过常春花的碧草绿茵；

　　到了暗黑的夜晚，
　　宿在奥特基[1]岸边
水波荡漾催人入眠的深渊；
　　就像两个精灵
　　安息在蔚蓝天穹，
他们相爱，但已筋疲力尽。

（1820 年）

① 奥特基：在西西里岛东南，塞拉库斯附近。

普洛瑟平之歌[1]

——唱在采撷鲜花于埃纳原野之际

一

庄严的女神，大地母亲，
　你啊，从你不朽的胸怀，
神和人，走兽和飞禽，
　草木和花蕾有了生命；
请把你最最神圣的气韵
给予你亲生的普洛瑟平。[2]

二

如果，是你用夜露的晶莹
　哺育了这些年少繁英，

① 据罗马神话，普洛瑟平是大地的女儿，为冥王普鲁托诱拐而成为冥后。
② 意为，使普洛瑟平脱离冥界，恢复生命。

使它们绰约芳馨色彩缤纷，
　在时间的儿女中娇美绝伦：
请把你最最神圣的气韵
给予你亲生的普洛瑟平。

（1820 年）

阿波罗之歌[1]

一

终宵不眠的那些时辰守候我[2]入睡，
　张挂起嵌织着灿烂繁星的绣帷，
遮蔽住那弥漫天宇的皓月银辉，
　从我惺忪倦眼驱散繁忙的梦魅——
当他们的母亲——那灰白的黎明

① 据希腊神话，阿波罗是太阳神，主管白昼，并主管预言、诗歌、艺术和医药。《阿波罗之歌》及其姊妹篇《潘之歌》，为雪莱抒情诗中的精美杰作，是他应夫人之请，为她的诗剧《米达斯》第一场而写的。在这一场中，阿波罗弹竖琴，潘（畜牧之神）吹芦笛，特摩勒斯（山林之神）充当他们音乐比赛的裁判。比赛快开始时，米达斯路过，特摩勒斯请他留下来旁听。特摩勒斯在旁白中告诉观众，他更欣赏的是“我的守护神，长犄角的潘”，但是比赛刚一结束，他不假思索就把象征优胜的棕榈枝奖给了权力比潘大得多的阿波罗，并颂扬他的音乐充满智慧、美和神圣的力量。这种趋炎附势的行径气坏了忠厚老实的米达斯，他发表了一通议论，反对不公正的评判。在雪莱夫人的笔下，他说：“神圣的潘啊，在我这凡夫俗胎听来。你生动活泼的歌曲远比他的优美，他的歌枯燥乏味，令人昏昏欲睡。”结果，阿波罗使米达斯头上长出一对驴耳朵，以惩罚他的“感觉迟钝”。

② “我”：阿波罗自称，即太阳。

宣告梦和月已离去，再把我唤醒。

二

于是我起身，攀登蓝天的拱顶，
　我跨越汹涌的海洋和山峰，
把锦袍留给浪花四溅的波涛万顷，
　我步履所至处，云霞如焚，
我的明光充溢万千洞穴和孔隙，
大气任我拥抱赤裸的绿色大地。

三

万道金光是我的利箭，我用它消灭
　依恋黑夜畏惧白昼的奸伪和欺诈，
为非作歹甚至只是心怀恶念的一切
　都逃避我，而从我的荣耀的光华，
善良心灵、正直懿行获得新的力量，
直到夜的统治再次削弱他们的强旺。

四

我用圣洁的光彩哺育着云霞、霓虹

和美丽花朵；在那永恒的庭宇里
运行不息的月球和晶莹闪烁的星星，
我都赋予威力，有如裹以锦衣；
无论天上、人间，一切发光的灯火
都来源于同一威力，那威力属于我。

五

亭午时分，我卓立在太空的绝顶，
然后迈步走下，怀着违愿的心情，
踱进大西洋暮色苍茫的云霭深处；
哀伤于我的离去，暮霭蹙眉而哭；
还有什么样更加妩媚动人的容貌，
能比我从西方海岛安慰他们的微笑？①

六

我是一只巨眼，宇宙凭借着我，
看见自己，认识自己的神圣；
一切器乐的优美，诗韵的谐和，
一切艺术的、自然的光明，

① 指夕阳和晚霞。

一切预言，一切医术，都属于我——
胜利和赞美，当然归属于我的歌。

（1820 年）

潘之歌[1]

一

我们来了，我们来了，
　从高原，从森林，
从绿水环绕的洲岛，
　喧闹的波涛也肃静
　　倾听我甜美的笛音。
桃金娘林梢的小鸟，
　灯芯草、芦苇丛中的风，
菩提树上的知了，
　麝香花铃里的蜜蜂，
青草荫蔽下的蜥蜴，
都像老特摩勒斯一样屏息[2]

① 据希腊神话，潘是畜牧之神，羊足，人身，头上有角。他也常被视为大自然的化身。

② 据希腊神话，特摩勒斯是山林之神。这里说“像特摩勒斯一样屏息”，就是说像山林那样安静。

倾听我甜美的笛音。

二

庇牛斯河流水明净，
坦佩谷地一片阴沉，
在白里翁山的阴影里横陈，[①]
伸展着的阴影就要吞尽
被我笛音催促的夕照残景。
从湿润的水草地边缘，
到露珠晶莹的洞穴，
田野和森林和畜牧之神，
水泽和林中的仙女，
听我演奏的神灵都静默，
怀着爱，像此刻的你，阿波罗，
你却怀着对我的嫉妒心情。

三

我唱闪烁舞蹈的星星，
我唱奇妙的地球和天庭，

① 庇牛斯河、坦佩谷地、白里翁山和下文提到的梅纳勒斯山都在希腊境内。

我唱规模巨大的战争，
　　我唱爱情、死亡和生命——
　　　　尔后，我转换笛音——
唱我在梅纳勒斯山谷追赶
　　一位姑娘，却抱住一支芦苇！
神和人啊，我们都会这样受骗！
　　我们常因此伤心，流血；
全都落泪了——你们俩[1]一定会，
如果血液尚未冻结于嫉妒和年岁，
　　　　为我甜美笛音里的酸辛。

（1820 年）

① “你们俩”：指竞赛对手阿波罗和裁判特摩勒斯，下一行的“嫉妒”是说阿波罗，“年岁”是说特摩勒斯。

两个精灵：一则寓言

第一个精灵

哦，你抖擞着强烈愿望的翅膀，
　想要飞上清虚的太空，小心：
一幢黑影正跟踪你火焰似的飞航——
　　　　黑夜即将来临！
　眼前的天色固然开朗晴明，
在风和光的世界里悠游翱翔
　固然欢快轻松，逍遥动人——
　　　　黑夜即将来临！

第二个精灵

那不死的星星，照耀在我的头顶，
　如果我立志定要穿越夜的黑暗，
爱的明灯将炽燃在我的内心，
　　　　这就是我的白天！

月亮会用温柔的银辉发出微笑，
照拂我的翎羽，无论我在何处翩跹，
流星的火球将舞绕在我的周遭，
使黑夜变为白天！

第一个精灵

可是，如果黑暗的旋风唤醒冰雹，
唤醒狂风暴雨和电火雷霆；
瞧，大气的茫茫四垠已经被动摇——
黑夜即将来临！
迅疾的飓风挟带着火红的云霓，
已经袭击那边正在沉没的日轮，
冰雹落地时的铿锵声响彻原野——
黑夜即将来临！

第二个精灵

我见到那种景象，也听到那种音响，
我仍愿在黑暗的暴风雨里遨游。
安详，在我心头，光明，在我四方，
会使黑夜变为白昼！
而你，当黑暗变得深沉而且僵硬，

请从昏昏酣睡的地面举目向上。
那时，你会看到我月亮似的航行
在高空，在远方。

有人说，在阿尔卑斯崇山峻岭之中，
有一座陡峭的悬崖，积雪上，
冰谷间，屹立着一株巨大的苍松，
眼看着就要冻僵；
而疲惫的暴风，不断地追逐着
那个枝叶如翼的形体，绕着苍老的树干
不断地飞旋，也就不断更新了
它那气流的源泉。

有人说，在晴朗、干燥的黑夜里，
死亡之露在沼泽地里入眠，
旅行人可以听到甜蜜的低声絮语，
这会使黑夜变为白天；
一个银色的形影，像他早年的爱，
被她蓬松发光的秀发簇拥着飘浮向前，
当他再从芬芳的绿草茵上醒来，
会发现黑夜竟是白天。

（1820年）

秋：挽歌

一

温暖的太阳日渐冷却，凛冽的寒风号啕哭泣，
秃裸的树枝长吁短叹，苍白的花朵零落凋敝；
　　　　　　　　那年岁
躺在大地她那灵床上，裹着枯萎落叶的殓衣，
　　　　　　　　在安息。
　　　　快来吧，你们这几个月，
　　　　从十一月直到四月，[1]
　　　　穿上志哀的丧服素衣，
　　　　为死去的年岁执绋，
　　　　跟随她冰凉的棺椁行进，
再像隐约暗淡的阴影，站在她墓旁为她守灵。

---

① 原文为 May，显然是取其韵。理应到四月而不包括五月，故译四月。在与此诗类似的《年岁的挽歌》一诗里，雪莱写的就是四月啜泣，五月花开。

二

阴冷的凄雨下个不停，大河小溪不断地涨水，
冻坏了的虫豸在蠕动，雷霆在为死去的年岁
　　　　　　　敲叩着丧钟；
欢乐的燕子已经飞去，活跃的蜥蜴也都返回
　　　　　　　它们的洞中；
　　　　快来吧，你们这几个月，
　　　　披上黑色白色的素衣，
　　　　让轻佻的姐妹们嬉戏去，
　　　　——你们却要送别
　　　　这死去的冰冷的年岁，
再用一滴又一滴泪水，把她的墓地浇成碧绿。

（1820 年）

死　亡

一

死亡在这里，死亡在那里，
死亡忙碌在所有各种地方，
在上，在下，在里，在外，
到处是死亡——我们也是死亡。

二

在我们构成和感觉的一切上，
在我们所知，所畏惧的一切上，
死亡都盖上了他的印记和纹章。
……

三

首先，是我们的欢乐死亡——

然后是希望，然后是恐惧——
当这些都死了，债务即告清偿，
尘土归于尘土——我们也就死亡。

四

我们所爱的一切、所珍视的一切
都必定凋零毁灭，像我们自己一样；
这就是我们有生者的无情命运——
如果那些不死，爱的本身也将死亡。

（1820 年）

十四行：你们匆匆奔向坟墓

你们匆匆奔向坟墓！去寻找什么，
你们啊，愚蠢头脑的忙碌的图谋，
永不安分的思想——尘世的奴仆？
哦你，殷切的心，你渴望着拥有
那苍白的期望以为是美好的一切！
你好奇而徒劳的智力，想要猜出
你来自何处，又不得不前往何方，
迄未知晓的一切，你都想要知晓——
哦，你们匆匆奔赴何处，要这样
疾速奔跑过愉快的绿色人生大道，
奔向那灰色死亡的洞穴，去寻求
庇护，以避开烦恼，也避开欢笑？
哦心灵，头脑，思想，你们到底
希望得到什么，在地下的坟墓里？

（1820年）

给一位评论家

哦，好朋友，恨我这样一个
不知恨的，能够有什么甜头？
只是一方动怒，也实在无趣；
要从我无意对抗的笑里觅取
恨的共鸣，使你的愁眉舒展，
只能是徒然，这笑甚至不含
能使你的心欢悦地轻蔑。啊，
克服你那无法满足的痴念吧！
因为对于你的激情，我远比
寒冬中午最冷的少男和少女
更冷漠，如果你的憎恶确认
我是它的纳喀索斯，就恨吧，
为恨我而憔悴成为一片回声。[1]

（1820 年）

① 据希腊神话，纳喀索斯是一美少年，从水中倒影见到自己的美貌，爱恋至死，化为水仙花。一仙女则因爱恋纳喀索斯，不被他所理睬，也憔悴死去，化为回声。

久远的往昔

一

像一位已故好友的亡魂，
　　　　　　　是那久远的往昔。
像一曲永远消逝的歌声，
像一个永远失却的希望，
像爱情美好而难以久长，
　　　　　　　是那久远的往昔。

二

夜里曾有过甜蜜的美梦，
　　　　　　　在那久远的往昔；
不论是欢欣，还是苦痛，
每天都有个影子向前投出，
使我们希望能长久留住——
　　　　　　　那久远的往昔。

三

有一种遗憾，几乎是悔意，
为了久远的往昔。
像是一个孩子美好的遗体
在他的父亲看守下，直至
美也终于像是记忆，来自
那久远的往昔。

（1820 年）

啊，这不是我所设想的人生

啊，这不是我所设想的人生。
　我早知道世上有恶人有罪恶，
有灾难有憎恨，并不希图侥幸
　不被痛苦触动便通过崎岖峡谷。
像面对明镜，从我自己的内心
我已经看到了其他人的心灵。
当我走在同类中间，我用三重
坚与韧的铠甲武装软弱的心胸
以承受轻蔑忌恨和成堆的不幸！

（1820 年）

弥尔顿的精魂

我梦见一个精魂升起，弥尔顿的精魂，
　从长青的生活之树取下他神妙的琴；
应着他的弹拨，甜美的雷声滚滚，震撼了
一切建立在人对人的轻蔑之中的人间事物，
使血腥的王座、不洁的祭坛摇动，
监狱和寨堡……

（1820 年）

灿烂太阳尚未升起的明光

最灿烂的太阳尚未升起的明光，
如果星辰召唤你步出雾中的居所
只要升起在我们的黑夜的上空，
就能溶化掉在和你熹微的晨曦
从事着混乱的战争的那些云朵。

（1820 年）

1821

年岁的挽歌

一

孤苦的时辰！年岁已死去，
　　快来哀悼吧，快来哭泣！
欢乐的时辰却尽可以嬉戏，
　　因为年岁只是暂时休息。
瞧！在睡梦中她笑靥展露，
讥诮你们不适时宜的啼哭！

二

仿佛是一场地震袭击大地，
　　簸弄地下棺椁里的尸体，
白色的冬季，那粗鲁的阿姨，
　　如今在摇晃僵冷的年岁；
阴郁的时辰，快放声哀号，
你们的母亲已裹尸衣卧倒。

三

像犷野的烈风在林间摇撼
　　悬挂在树上的婴儿摇篮，
近日的狂暴气息在摇撼残年；
　　安静些，何必过分伤感，
战栗的时辰！她还会醒来，
眼睛里将闪耀着新的慈爱。

四

阴晦的正月守在坟墓近旁
　　像教堂的执事主持葬仪，
二月把棺木担架扛在肩上，
　　三月痛哭，四月在啜泣。
但是你们，随后的时辰啊，
请带来那五月盛放的鲜花。

（1821 年 1 月 1 日）

给　夜

一

快迈步跨越过西方的水域，

　　　　　　　　啊，夜的精灵！

走出云雾缭绕的东方洞穴，

在整个白天漫长寂寥的时辰，

你编织的那些梦，有欢悦，

有恐惧，使你狞恶而又亲切，

　　　　　　　　快，请快来临！

二

在身上披一条灰色的锦帔，

　　　　　　嵌上些晶亮的星辉！

用头发把白昼的眼睛遮蔽，

吻她，直吻得她困倦而退，

再漫步游遍城镇、海洋、田野，

用你催眠的魔杖点化一切，
　　　　　来吧我久久寻觅的！

三

每当我起身，看见了黎明，
　　　　　　　我就思念你！
每当朝日高升，珠露消隐，
亭午的阳光重压花丛林地，
疲惫的白昼终于转向归程，
像不知趣的客人迟迟其行，
　　　　　　　我就思念你！

四

你的兄弟死亡来过，他高喊，
　　　　　我，是不是你要的？
你的孩子，倦眼惺忪的睡眠，
像午时的蜜蜂一样嗡嗡低语：
你要的是不是我？要不要我
在你的身边躺卧？我回答说：
　　　　　　哦，我要的不是你！

五

死亡将会来临，当你死去，
快，啊，太快！
睡眠将会到达，当你飞逸；
他们俩的恩惠我都不介意，
我只请求你啊，亲爱的夜，
快加速你正在迫近的步履，
快，啊，快来！

（1821 年）

时　间

深不可测的海啊！岁月是你的波浪，
　时间的大洋，充满深沉的辛酸，
人类眼泪的盐分已使得你咸涩难尝！
　你浩渺苍茫的海水啊无边无沿，
起伏涨落的潮汐把握着人生的极限，
虽已腻于捕猎，却仍呼号求索无餍。
不断把沉船的残骸喷吐在它荒凉的岸上，
平静时胸怀叵测，风暴中恐怖猖狂。
　　　啊，深不可测的海洋，
　　　谁该在你的水面出航？

（1821 年）

阿拉伯歌词仿作

一

我虚弱的灵魂依旧在沐浴着
　　你的目光，亲爱的，
　它思念你如正午红色牝鹿
　　渴望清溪，亲爱的，
你的骏马马蹄迅疾疾于疾风
　　载你离我而远去，
　我的脚已疲惫难行，这颗心
　却始终伴随着你。

二

迅疾远胜过疾风骏马啊胜过
　　它们背负着的死亡，
　这颗心为温柔的思念包裹，
　　像飞鸽有关切的翅膀，

在战场，在黑夜，在需要时，
　　我的心将紧贴着你，
　而不索求一笑以回报，亲爱的，
　　可能给予你的慰藉。

（1821 年）

给艾米莉亚·维维亚尼

一

小姐，为什么送我这些
　　甜罗勒和草木樨？
它们所象征的爱情和健康
从不并存于同一个花环上。
　　啊，它们是湿的，
是由于你的泪还是你的吻？
　　　因为雨水和露珠
　　　从花草汲引不出
这种芳香；这猜想使我怜惜
　　　我的常新的忧郁，
我的叹息和我为你流的泪。

二

把光送给星星也不要送我爱情，

爱常使我的健康
化为炉中即将熄灭的余烬——

（1821 年）

逃亡者

一

海上波光粼粼，
冰雹猛如倾盆，
电火闪射明光，
浪涛起伏动荡——
　　　走吧！

旋风似急流滚滚，
雷霆在隆隆轰鸣，
大森林不住摇晃，
寺院的钟已敲响——
　　　走吧！

人世，海一样不宁，
船骸，四处飘零，
禽兽，人类，蛆虫，

在从暴风雨中求生——

走吧！

二

“我们的船有一张帆，
舵工，铁青着一张脸——
可信赖的勇敢领航，
将伴我们航行海上。”——
他在喊叫——

她在高呼：“划桨！
高高兴兴地出航！”
这时死亡的雷电，
夹着冰雹落在海面
他们的航道。

从小岛、哨楼、岩礁，
发出蓝色浓烟的信号，
虽然暴风吞没了音响，
速射的炮火在下风向
红光闪耀。

三

“害怕吗？”“害怕吗？”
“看见吗？”“听见吗？”
“我和你，不已经自由，
无拘无束，扬帆悠游
　　在恐怖的海上？”

一领船工用的大氅
盖在一对情人身上——
血脉搏动着同一节拍
呻吟着骄傲的欢快
　　　轻柔而酣畅；——

四周被抽打的海洋，
仿佛浮动着的山冈，
时而收缩时而昂扬，
时起时伏往返激荡，
　　　哗哗作响。

四

在要塞的审判庭上，
在苍白的女佣身旁，
像挨了打的狗一般
站着那新郎，羞惭
　　　　　啃啮在心头。

在高高的瞭望塔顶，
像预示死亡的凶神，
像暴君般的白发父亲；
狂风比他的怒吼声
　　　　　也显得温柔；

用极度粗野的诅咒
咒骂着自己的孩儿，
他向暴风投献出了
他这家族最美最好
　　　　最后的一个。

（1821 年）

给——

温柔的歌声已经消逝，
乐音仍在记忆里萦回；
紫罗兰花，虽然枯死，
意识中尚存留着芳菲。

玫瑰花瓣，一朝谢去，
落英堆成恋人的床帏；
你去后怀念你的思绪
该是爱情在上面安睡。

（1821 年）

歌

一

难啊，难得见到你的踪迹，
　　你欢乐的精灵！
你离开我已经是多少昼夜，
　　究竟是何原因？
已是多少令人厌倦的晨昏，
自你不辞而别，展翅远行？

二

像我这样的人该怎样才能
　　使你转意回心？
你但愿和逍遥欢快的人们
　　同把痛苦嘲讽；
你忘怀了一切人，却仅仅
把并不需要你的惦记在心。

三

像蜥蜴会受惊，由于看见
　　一片颤动的叶影，
见到烦恼，你会惶恐万端；
　　忧伤的叹息呻吟
谴责你，你却不会接近，
也听不见它谴责的声音。

四

且把我哀伤的歌曲转换上
　　欢乐的旋律音调；
你永远不会因怜悯而赏光，
　　却会为欢乐来到；
再让怜悯割去你残酷的双翼，
于是你将长留，无法离去。

五

我也热爱你所爱的一切，
　　你欢乐的精灵！
嫩叶乍吐时清新的大地，

星光下的夜景，
金色迷雾升起时的清晨，
和那秋日里的夕照黄昏。

六

我爱白雪，爱霜的一切
闪光的形态，
我爱天风、海浪和暴雨
我几乎热爱
自然的一切为人的不幸
未能玷污的事物和情景。

七

我爱恬静的幽居和隐遁，
我也爱结交些
文雅、明智、善良的人，
你我是否有别？
你却拥有我追求的一切，
虽然我爱他们不亚于爱你。

八

我爱爱情，尽管她有翅膀，

　　像光一样会逃遁；

但是，远在这一切之上，

　　我对你热爱最深——

你就是爱和生命！哦精灵，

请再一次，居留在我的内心。

（1821 年）

无　常

一

　　今天，花儿喜笑欢悦，
　　　明天，就会凋谢；
我们希望长驻的一切，
　　　诱惑，然后飞逸
什么是人世间的欢乐？
那是戏弄黑夜的电火，
　　　像闪光一样短促。

二

美德，是多么脆弱！
　　　友谊，何等难遇！
爱情以多么可怜的幸福
　　　把骄傲的绝望换取！
它们和伴随它们的欢愉，

所谓“我们的”，转瞬逝去，
　　而生活还得继续。

三

趁此刻天光明媚湛蓝，
　　趁鲜花娇艳芳菲
趁眼前景色犹自变换，
　　白昼尚未向黑夜让位，
趁宁静时光缓缓流动：
你且入梦，再从梦中
　　醒来，醒来哭泣。

（1821 年）

闻拿破仑死有感

什么！活着而且这样勇敢，哦大地？
　　你是不是过分勇敢了一点？
　　什么！像往古一样你匆匆向前，
像在你充满欢笑的早年晨曦里，
灿烂星群家系中的最后一员？
哈！像往古一样你匆匆向前？
灵魂离去后，难道肢体并不僵硬？
你还能活动吗，拿破仑失去了生命？

怎么！你那灼热的心脏并没有变冷？
　　你的炉膛里还燃着什么火星？
怎么，难道响过的不是他的丧钟？
　　你还活着，大地啊，母亲？
在那最勇猛的精灵离去的时光，
在他那被掩埋的冷却的余烬上，
你是不是烘烤过你苍老的双手——
什么！母亲，你笑了，在他死后？

“谁知道我往古的模样，”大地答道，
“或是谁讲过我的故事？
是你，过分地大胆、冒失。”
而嘲讽的闪电发出哈哈大笑，
当她在唱：“我以我的胸怀拥抱所有
我的儿子，在他们的丧钟敲响以后。
我这样以激励生命的运动把他们养育，
于是生者像野草一样从死者萌发而起。

“哎，活着，而且依旧勇敢，”大地她高喊，
“我变得越来越有勇气，
死者用万倍丰富的
昌盛、荣耀和欢笑使我丰满。
我曾经阴郁、寒冷，愁云弥漫，
像冻结的、蜷缩着的混沌一团，
直到伟大死者的精神使我的心脏
转暖，我养育过的又给我以营养。”

“哎，活着，依旧勇敢，”她低语喃喃，
“拿破仑的精神从生到死，
以恐怖、金钱和血液，
掀起一股破坏的滔滔狂澜；
而让千千万万的后来人

趁熔铁未冷把它铸造成型；
在他的（像死者一样围裹我的）耻辱里
把避他而去的光荣的希望也编织进去。”

（1821 年）

十四行：政治的伟大

无论是欢乐、尊严，或是荣名，
平安、强健，或是技艺、武功，
都不关照暴政驯训成熟的顺民；
诗歌，不回应他们的一声心音，
历史，不过是他们耻辱的阴影，
艺术遮蔽明镜，或是闭上眼睛，
当他们成千百万地盲目飞奔着
投入寂灭，以猥琐不洁的形象
玷污天国。凭暴力或旧习纠合
成群的人算得什么？人，要想
成为人，须能主宰自身的帝国，
在自我克制的意志上建立王廷，
敉平他内心希望和恐惧的蛊惑
和叛乱，完全成为他自己本人。

（1821 年）

阿乔拉

一

“你是否听见阿乔拉的哭声？
  我想她一定就在附近。”
    玛丽说，正当我们
闲坐在星光未现烛火未燃的黄昏。
    “阿乔拉是谁？”我问，
  我以为她是个令人厌烦的女人。
    多么欣慰，当我知道
  它不是人，不像我，不是一个
    使人猜疑或憎恨的生灵。
      玛丽看透了我的心，笑了，
她笑着说：“不必烦恼，它不过
      是个毛茸茸的小夜枭。”

二

悲伤的阿乔拉！多少个黄昏
　我一直听到你的声音，
在树林，在水滨，在草地、山坡，
　在广阔的田野和沼泽——
这样动人心魄，为歌喉、
　琵琶、风和鸣禽所不及；
不像它们，却远比它们动听。
忧伤的阿乔拉！从那一时刻起，
　我爱上了你和你的悲啼。

（1821 年）

哀 歌

一

哦时间！哦人生！哦世界！
我正登临你最后的梯阶，
　战栗着回顾往昔立足的所在，
你青春的绚丽何时归来？
　　　不再，哦，永远不再！

二

从白昼，从黑夜，
喜悦已飞出天外；
　春夏的鲜艳，冬的苍白，
触动我迷惘的心以忧郁，而欢快，
　　　不再，哦，永远不再！

（1821 年）

忆

一

远比青春的欢乐急促，
远比盛夏的行程迅速，
远比幸福的夜晚仓促，
　　　你来了，你又离去；
像木叶摇落后的大地，
像睡眠消逝后的黑夜，
像心灵被欢愉所遗弃，
　　　我被留下独尝孤寂。

二

莺燕的夏季会重复来归，
鸱鸮的夜晚会再度逞威，
野天鹅的青春随你远飞，
　　　像你一样背信而虚伪。

我的心每日都盼着明天，
睡眠总是转化成为忧烦，
借来阳光灿烂的枝叶装点
　　　我的冬天，终归徒然。

三

玫瑰，为妇人的额头开放——
百合，献给新嫁娘的喜榻——
紫罗兰，哀悼少女的夭亡——
　　　三色堇花就归于我吧，
让它把我的人生墓圹点缀，
不必流一滴眼泪，也无须
无论多亲的挚友为我浪费
　　　一线希望，一丝忧虑。

（1821 年）

致——有个字过分被人们玷污

一

有个字过分被人们玷污，
　我怎能再加以亵渎；
有种感情常被假意看轻，
　你不至于也不尊重；
有种希望太和绝望相似，
　慎重也不忍心窒息；
从你的胸怀发出的怜悯
　比别人的珍贵可亲。

二

我献不出常人称道的爱，
　呈上的是虔诚崇拜；
连上帝也不至于会拒绝，
　难道你竟然就摈弃。

这是灯蛾对星光的向往，
　黑夜对黎明的渴望；
我们的星球充满了忧愁，
　这是对无忧的追求。

（1821 年）

我不愿为王

我不愿为王：爱，已经够
　我苦恼；掌权的道路
从来险峻坎坷；何况还有
　暴风骤雨君临在高处。
我不愿攀登那庄严的王位，
它建在冰上，幸运的太阳
　到中午就会化冰为水。
去吧王位！可是我若为王，
　烦恼也未必很快到来。
到它来时，我已远在他乡，
已在喜马拉雅山上牧羊。

（1821 年）

音　乐

一

我渴望着音乐，那神圣的音乐，
　我的心干渴似萎垂的花朵；
请倾注乐音如有魔力的美酒，
　让乐音在银色的阵雨中奔流；
像寸草不生的荒原期待甘霖，
我喘息着期待那乐曲的苏醒。

二

请容我痛饮甜美音响的精醇，
　啊，一口再一口仍焦渴难禁；
它松开了烦恼拘锁在我心头
　要把它窒息死在那里的那蛇；[1]

① 蛇：在雪莱笔下有时是智慧的象征。

消愁的旋律流过我每一条脉管，
流进我的脑海，流入我的心田。

三

有如一朵枯萎紫罗兰的芬芳，
　那紫罗兰开在银色的湖旁，
中午骄阳喝干它盛露的杯盏，
　却没有雾气可解它的干旱——
紫罗兰终于死去，浓郁的馨香
却乘风的翅膀飘浮碧波之上。

四

有如一个人从一只魔杯里面
　啜饮发泡闪光嗞嗞作响的琼浆，
是一位非凡的魔女把它斟满，
　又以神圣的吻邀他把爱情同享……

（1821 年）

十四行：致拜伦[①]

［也许这首诗不会使你高兴，然而］

我若不是这样钦佩你，嫉妒便会
败坏喜悦，充满我这颗心的思想
就不得不陷入惊愕与绝望的支配；
像其生命也有可能具有某种分量
非凡品质的虫豸，这颗心注意到
你的创作完成得出色而敏捷，像
造物主随意造就的世界一样完美。
而我是如此景仰，以至你高飞在
他人常须苦攀的高峰之上的功力，
或你的荣誉，那嫉妒成性的未来
投给时间长河的未来时辰的影子，
都无法使这样一个人为自己默默
无闻而怨艾，他敢于确信：虫豸
也能由于崇敬上帝从泥里升起。

（1821年）

① 这是雪莱生前未完成的一首诗，由罗塞蒂根据其遗稿修而成，韵式不规范。不包括第一行，为abab×badedexff，其中×是不协和音。

哀济慈

他曾希望他的墓碑上镌有这样的铭文——
“这里安息着一个姓名写在水上的人。”①
　但是不等那能够把它擦去的轻风吹，
死亡已经在为那一次凶杀感到后悔，
　死亡——使得一切不死的寒冬，飞越
　时间的长河，湍急的川流立刻化为
一幅水晶卷页，一个辉煌的名字闪耀；
　阿多尼！

（1821 年）

① 济慈生前为自己拟定，死后被刻在墓碑上的墓志铭是：Here lie the one whose name was write in water（这里安息着一个姓名写在水里的人）。雪莱把其中的 in water 记成了 on water。

明　天

你在何处，我们所仰慕的明天？
　不论老少，贫富，衰弱或强健，
我们总是透过欢乐，透过忧烦，
　无休止地寻觅着你的笑颜——
但是在你的位置上，啊，可怜，
找到的总是我们逃避的：今天。

（1821 年）

1822

一盏明灯破碎

一

　一盏明灯破碎，
灯光在尘土里熄灭，
　天空云雾散去，
虹霓的光彩便消歇。
　琵琶断了琴弦，
甜美乐曲难以追忆；
　话从嘴边说完，
悦耳语音就被忘记。

二

　像乐曲和灯光
离不开琵琶和明灯，
　精神沉默不唱，
心的回音没有歌声；

有的只是哀悼，
像掠过荒墟的野风，
像忧伤的海涛
水手死时敲叩丧钟。

三

两颗心一旦结合，
爱先从精制的巢离去；
单让脆弱的一个
为享有过的独受悲凄。
哦，爱，既然你
为万物的脆弱而哭泣，
又何必选最弱的
做摇篮、棺木和家室？

四

它以热情簸弄你，
像狂风暴雨簸弄飞鸦，
理智将会讪笑你，
像那冬季太阳的光华。
你鹰巢般的家屋

会烂掉椽木把你暴露，
　寒风起时树叶落，
使你面对嘲讽无躲处。

（1822 年）

给珍妮[1]

一

　　　明亮的星星闪烁晶莹，
升上中天的月亮皎洁妩媚，
　　　　珍妮！
　吉他弹奏出琤琮琴音，
那曲调要到你再唱才优美
　　　　甜蜜！

二

　像月亮投射温柔的光
去覆盖清冷朦胧的星辉于
　　　　苍天，
　你的美妙无比的唱腔

① 珍妮：雪莱好友爱德华·E.威廉斯的妻子。

把它自己的灵魂投送给予
琴弦。

三

星星还会按时刻醒来，
虽然今夜的月亮是多睡了
一会，
不会有一片树叶摇摆，
当你那歌声的甘露散发着
喜悦。

四

歌声虽有过强的魅力，
仍要请你再唱一遍以展现
一个
遥远星球的音乐，那里
音乐和月光和感情是三位
一体。

（1822 年）

悲　歌

狂野的风，你高声呻吟，
　过深的忧愤，难成歌咏；
不驯的风，阴沉的乌云
　彻夜不歇地敲叩着丧钟，
徒然落泪的悲哀的暴雨，
枝杈怒伸的赤裸着的树木，
凄凉的海，深邃的洞窟——
　哭吧，为了世上的不公！

（1822 年）

写在勒瑞奇海湾

她离开我时万籁无声，
月亮已经停止攀登
险峻天宇的蔚蓝色路程，
像一只睡意蒙眬的信天翁，
凭光的羽翼保持平衡，
滑翔在紫色的夜空，
直到她在西方的厅堂
找到她在海洋的闺房。
她去了，留下我独自一人
思索那每一节声音，
——对于耳朵虽已寂静，
着迷的心灵仍听得分明，
就像乐曲随生随灭，
还会激荡山中的回声；
并且感受，哦，感受太深！——
她手指接触时的颤动，
仿佛温柔的手此时此分，
仍轻轻抖颤在我的脑门；

就这样，她虽已离开，
记忆仍使她和我同在，
甚至像幻想才敢祈求的完整——
有她在，我的愤怒和激动
都趋于缓和，我只活在
我们同在的时间内；
未来和过去，都被忘怀，
仿佛不会出现，从不存在；
但是不久，守护天使远行，
恶魔又君临我迷惘的心。
我不敢说出我的思想，
只是感到软弱、惆怅，
坐看点点白帆乘风破浪，
滑行在明亮广阔的海洋，
像精灵推动的轻车，
驰越某种澄澈的元素，
为奇异的使命前往远方；
仿佛向某个极乐的星球飞航，
去寻求治病的药酒，要治愈
像我这种辛酸而甜蜜的痛苦。
送他们远航的风从陆上吹来，
清新，而且十分爽快，
凌空飞翥的花的芳香，

凝露时刻的清凉，
白昼留下的甘甜的温暖，
都散发在亮晶晶的海湾。
打鱼人手持鱼叉、灯盏
潜行在低处潮湿的礁石之间，
袭击着满怀虔诚、崇敬
前来朝拜欺骗性光焰的鱼群。
它们太幸福，寻找到的欢乐
消灭了欢乐过后留下的
一切懊悔的意识和心情，
毁灭的只是生命，不是安宁！

（1822 年）

我们重逢和分别时不同

一

我们重逢和分别时不同，
　都有不为人知的感受：
我的胸中情绪过分沉重，
　你的心对我满怀疑窦——
　只一刻便束缚了自由。

二

那一刻早已经一去不返，
　像那随亮随灭的电闪，
像那飘落在河面的雪片，
　像海潮上的太阳光线
　已被黑暗的阴影遮掩。

三

从时间单挑出的那一刻
　成了痛苦人生的扉页；
它的杯中曾调制出欢乐——
　虚幻，虚，然而甘美！
　太美而难容我再尝味。

四

芳唇，我的心若能隐瞒
　生命早已经被你们揉碎，
你们也许就未必会阻拦
　一颗心，如此真挚无邪，
　从你们的甘露寻求毁灭。[①]

---

① 你们：复数，指两片嘴唇。“甘露”，原文briny dew，briny在此处解作“如同海水”，意在可致灭顶，并不强调其味咸。dew在此处解作any thing refreshing or nourishing而非凝结的露水，故译“甘露”，指甜美的享受。以下省略号，表示原文短缺。

五

……

我以为代价太小，为了
这样得到又失落的一刻。

（1822 年）

小　岛

有一座小岛，绿草如茵，
仿佛是精美的镶嵌珍品，
　　点缀着秋牡丹和紫罗兰；
上空有鲜花、绿叶的屋顶，
是夏季的气息把它编织成；
无论是阳光、阵雨、微风，
都穿不透那里的乔木青松——
　　每一棵都是玉石的雕件；
四周是湛蓝的波涛万顷，
和白云、青山一同围砌成：
　　一片蓝汪汪湖泊的深渊。

（1822 年）

墓志铭

这里是两个生命不曾分开过的好友，
就这样记住吧，他们如今已进入坟茔；
愿他们的骸骨也永远不分离，因为，
他们那两颗心，生前已结合成一颗心。

（1822 年）

长诗

生命的凯旋[①]

敏捷，有如一个奔赴荣耀、至善
使命的精灵，太阳，披一身光华
兴冲冲地升起，面具一般的黑暗

便从觉醒了的大地上空悄悄落下——
山头积雪，那些不见烟篆的祭坛，
在绯红的云层之上吐焰，随着那

光明的诞生，大海洋的祈祷声喧，
鸟雀们应和着调试歌喉把晨曲啼鸣。
田野和林中所有的花朵睁开眼睑，

睁开颤动的眼睑承受白昼的亲吻，
把她们的香炉高擎在大气中晃动，

---

① 这是雪莱在世最后一个半月内写出的最后一首长诗，尽管只是计划中的一部分，而且尚属初稿有待于补充、润色、写定，却已被论者认为是他的杰作之一。有关背景和评述，请参看附录：《雪莱：陨落前后》，特别是其中“斯佩齐亚海湾”一节。

炉中的东方香料被新的光线引焚

像不竭的源泉缓慢燃烧着向天空，
向微笑的天空发送去芬芳的叹息；
于是，大地、岛屿、海洋和其中

一切具有有生特性和外貌的形体
都像他们的父亲太阳一样，如期
醒来，相继承担起他在远古世纪

曾经独自承担而后来被他分派给
他们各自一份的劳务：但是，我，
曾由于必须秘而不宣的心头思虑，

像点缀夜空的星星一样彻夜醒着，
此刻他们都已躺下入睡，我却在
一支灰白桅杆下伸展疲惫的手脚，

那桅杆曾是亚平宁一处绿色山隘
老橡树的树干：夜，已在我面前
逃遁；白昼，从我背后升了起来，

海，在我脚下；头上，一派蓝天，——

这时，奇异的幻景随同联翩浮想
出现，却不是睡梦，因为那一片

展开的阴影是如此透明，那景象
从中通过就像暮色笼罩下的山峦
隐约朦胧却清晰可辨；而我身上，

我知道，还有过那黎明的清新感，
头发和额头曾沐浴同一清晨朝霞，
曾像这样坐着，靠着同样的树干，

坐在那块青草萋萋的山坡，仿佛
听见那里的鸟儿们、海洋和流泉
在借多情的风和音乐交换甜言蜜语，
然后，一场幻景便在我脑海展现。

当我在那奇妙思想的幻境中躺卧，
这大致就是白日梦中所耳闻目睹。
我觉得我是在一条大道近旁坐着，

大路上落着厚厚一层夏季的尘土，
仿佛是那朦胧暮色幽辉中的蚊阵，
来来往往，川流不息的行人无数，

全都急匆匆赶路，却显然没有人
知道他来自何方，又向何处行进，
或是何以成为这万众一员的原因，

而置身人群之中，被裹带着同行，
像夏季棺木上万千落叶中的一叶，
老人和青年，大人和婴孩，形成

一股混杂奔腾的汹涌洪流，有些，
是在逃避使他们心生恐惧的事物，
有些，却在刻意寻求他人之所惧，

另有一些，一步一步向坟墓走去，
却关心研究那被践踏的地下虫豸，
也有一些，在他们自己的阴影里

走得凄惨悲戚，把它称之为死；
有一些，逃避它仿佛是逃避鬼魅，
随时会由于喘息困难而昏倒在地；

但是更多的却以彼此交错的行为
追逐或是躲避开浮云投下的阴影

或是中午时分消失在空中的鸟类，

而沿着从不生长鲜花的路径前行：——
因干渴而衰竭，因徒然劳累而疲惫，
听不见来自那些绿苔蔓生的山洞

永远流淌着美妙乐音的悦耳泉水；
感觉不出那从森林中吹来的清风
在叙述着绿色的小径和林中草地，

和点缀其间的参天榆树枝干如拱，
紫罗兰花盛开的河滨歇息着美梦，
只知照旧继续阴暗的蠢事和愚行。

正当我注目凝视，大道上的人群，
我以为是发了疯，像六月的森林
遭到正在摇撼着白日余晖的南风，

一道冷峻的目光，像冰雪一样冷，
比中午更亮，以使人失明的强光
淹没太阳，就像太阳光掩蔽星辰。

像一弯新月——当暴风雨从梦乡

积蓄力量，她那白色躯壳还战栗
在被夕阳照亮的黑夜红色边缘上——

仿佛是宣告它将来到，高高托起
它那亡母的鬼魂，那阴暗的形影
在黑暗中从她的婴儿车探身前倚——

于是一乘战车，凌驾它自己寂静
无声、汹涌奔腾的明辉来临，车中
坐着的形体仿佛被岁月折磨畸形，

戴着黑色头罩，披一袭双层斗篷，
在坟墓的暗影里蜷缩着，在似乎
该是头颅的位置上覆盖着的黑纱，

像一片云，一种晦暗、朦胧的雾，
使强光有所减弱。车辕上的驭夫
像雅努斯，他的面孔一共有四副①

是他在驾驭插着神奇翅膀的一群；

① 雅努斯：罗马神话中的门神，其艺术形象，一种有两副面孔，可以兼顾前后；另一种，有四副面孔，便于眼观四方。

而在连续的电光中挽曳战车的形体
已不见踪影：我只听见轻柔的风

传来他们不断振动的翅膀演奏出
音乐。驭夫所有四副面孔的眼目，
竟都被布带绑扎住；在前的快速，

在后的盲目，全都带不来什么好处，
连使太阳失色的强光也于事无补。
被绑扎住的眼睛的视力无法穿透过

正在做、已经做、即将做的全部；
战车的导引失常，却在继续前进，
庄严威武，速度和隆重礼仪相符。

那人群让开路，我惊恐地站起身，
或似乎起身，因为沉陷幻境太深；
仿佛是被烈风卷带着的纷乱浮云，

我看见成千上万狂歌乱舞的人们，
如痴如醉，恰似在举行狂欢大会，
以隆重迎接一位征服者胜利进军，

庄严的罗马从元老院，从剧场内，
从广场，倾泻出她有生命的洪流
当加给原本自由的那些[1]

以轭，他们都很快便俯首去承受，
这里也不乏与凯旋游行相似之处，
无论那乘战车行经何地，全都有

无数的俘虏被押着走：所有由于
执掌大权或受尽折磨而衰老的人，
所有把他们的大好年华全部交付

给工作或忍受的人，他们的青春
最后一刻都在欢快或痛苦中耗尽，
只有再不能开花结果的躯干犹存；

还有这种人，他们的恶名或荣名
与日俱增，直到伟大的寒冬把这
绿色世界的形与名同他们全部否定；

不在其内的是神圣的少数，只是

① 此处为雪莱在原稿上留出以待填充的空白。

无法使精神屈从于征服者的一群——
他们的生命之焰稍一接触这尘世

便像鹰立刻飞回他们的故居苍穹，
或者是，置人世间的权位于不顾，
视王冠与珍宝如粪土……①

雅典或者耶路撒冷的贤哲和圣徒
都不在数，既不出现在俘虏队列
也不与后面口出秽言的群众为伍，

更不在前列，前列的狂徒们猥亵。
放荡的舞蹈在前面越跳越加狂野，
为首的，像草上的影子一样敏捷，

比战车更迅疾而且从不稍事休歇，
合着粗野的乐曲，跳着狂乱的舞，
狂跳乱舞，彼此混合，愈跳愈野，

他们为这种折磨人的欢乐而受苦，
而抽搐，而且随着那狞恶的精灵

① 此处，原稿如此，缺少两个音步和一个适当的韵脚。

迅猛的旋风转动——而从宇宙之初

那精灵就用作恶排遣闲暇的光阴——
他们头向后仰，任长发迎风飘扬，
围绕着使太阳失色的她跳个不停，

青年男女们甩开他们狂热的臂膀，
两脚快速移动；他们会退出人群，
这时，他们会彼此接近俯身相向，

内心深处如火点燃；当他们脸红，
像飞蛾，被光吸引，又被火遏阻，
常常向着他们那辉煌的毁灭前行，

直到仿佛两朵云团被迫进入峡谷，
使山峦为之震颤，他们电火交会，
而当震动余波未尽，便化作雨露

消散，维系双方的热情纽带崩溃，
一个倒下，另一个也便失去知觉
横卧路上，死，也不单行而成对，

而在我能说出何处之前，那战车

已从他们身上压过而无踪迹可辨，
只像海洋暴怒之后留下了的泡沫

已在荒凉的海岸上晾干——后面，
年迈的男男女女在羞辱性的风里
摇晃他们的白发，衣衫污秽凌乱，

舞步蹒跚，用那衰弱的肢体竭力
要去攀那明光四射的车，却只是
被甩得更远，被更深的暗影遮蔽。

他们转着圈跳舞，并不因为意志
乏力而稍减狂热，尽管阴森的阴影
已插进人群，把他们和彼此圈起，

履行着任务，来自于尘土的人们
又复归尘土，他们躺倒处，腐败
覆盖上罩单，做……做过的事情。①

这凄惨的游行场景，我难以理解，
我不禁自问出声——这都是什么？

① 此处，原稿留空，以待填入适当词语。

车中的形影是谁？却又所为何来——

我还想要问——“这是否出了差错？——”
有个声音回答——“生命！”——我转身，
才明白（天哪，请怜悯这可怜境遇！）

我原先以为，是一段古老的树根，
扭曲成了奇形怪状，生长在山脚，
却实在是误入歧途族类中的一人；

我以为，是散乱纷披的白色衰草，
不过是他的头发已褪色而且稀疏；
它企图，但是未能掩盖住的孔窍，

是，或曾经是，他的双眼所在处，
那冷峻的脸（知道我想什么），说，
“若能像我一样克制不去参加跳舞，

我愿告诉你是什么导致同伴和我
沦落到承受这样深重的轻蔑屈辱，
叙述这队列清晨以来的一路经过；

如果一穷究竟的渴望还不能餍足，

你尽可追随观察直到深夜，但是
我已疲惫。”他蹒跚迈步，就仿佛

由于不胜自己语言的重负，于是
他稍事喘息；不待他重新继续说，
我问：“首先，你是谁？”在你能记事

“以前，我已爱过恨过怕过痛苦过，
作过而且活过。如果上苍点燃我
灵魂的火花曾用更纯净的火药烧灼，

“现在腐败就不会从往日那个卢梭[①]
获取得这么多，这副相貌就不会
使得耻于承受它的这人蒙受羞辱；

“如果我已被扑灭，但是我发出的
火花，却已点燃上千引航的明灯。”
“被锁在车座背后的那些又都是谁？”

“后世不忘的圣贤和伟人——他们

---

① 卢梭（Jean Jacques Rousseau，1712—1778）：法国启蒙思想家、哲学家、教育家、文学家，主张在“自然”条件下，人生而平等、自由，《民约论》等书的作者。

戴着盔、冕、主教冠和明光编织
成的花环，思想帝国的权威象征——

“他们的学问不教人如何认识自己，
他们的能力不足以排解内心的神秘，
为寻求想象中的真理黎明而努力，

“黄昏前便陷入了深沉的夜。下颏抵
在前胸，双手交加于锁链的是谁？”
“一个狂暴时代的产儿，他曾竭力

“要赢得世界，而当它的希望破灭，
却失去了其中原有的伟大的一切，
本可获得比美德自身更多的赞美

“与安宁，若不是机遇以鹰的羽翼
载他飞上成千攀登者曾先他之前
翻跌，像拿破仑那样翻跌下来的

“峰巅。”——我感觉我的脸色突变，
当我看见那影子离去时掌握松开
留下了一个庞大而太软弱的人间，

以至于对它任何侏儒都可以走来
踢一脚，我伤心：为了相反的意愿
和权威在统治着我们凡人的昼与夜。

为什么上帝要让善的目标与手段
不相协调一致；而由于绝望，我
几乎要为我眼睛的愿望感到羞惭，

它愿意看曾经有过而现在很难说
已经变样的时代过时乏味的场景。
“瞧见吗，掠夺和被掠者”，向导对我

这样说，“伏尔泰、保罗和凯塞琳，[1]
腓特烈和列奥波德，煽动家和暴君[2]，
圣人——世人以为总是古老的名称，

---

① 伏尔泰（Voltaire，原名 Francois-Marie Arouet，1694—1778）：法国启蒙思想家、作家、哲学家；保罗（Saint Paul，—67？）：耶稣门徒之一，相传被罗马皇帝尼禄所杀；凯塞琳（Catherine，当为 Catherine the Great，1729—1796）：俄国女皇（1762—1796 年在位），按俄文译，当为叶卡捷琳娜二世，为彼得三世之妻，废彼得而自立，曾镇压普加乔夫起义，两次对土耳其作战，三次参与瓜分波兰，夺得了今拉脱维亚南部，经立陶宛、白俄罗斯、乌克兰直至克里米亚的广大地区。

② 腓特烈大帝（Friedrich Ⅱ，1712—1786）：普鲁士国王（1740—1786 年在位），在位时维护农奴制，加强军事官僚专制制度，穷兵黩武，多次发动侵略战争；列奥波德（Leopold）：当指神圣罗马帝国皇帝，其二世（Leopold Ⅱ，1747—1792）在位二年（1790—1792），神圣罗马帝国于 1806 年被拿破仑一世推翻。

"在生命和他们所进行过的战争中，
她，始终是征服者。而征服我的
只是我的心，无论是年岁、嘲弄，

"眼泪，或是现在的坟墓，都难以
使它屈服。""就让过去的全都过去"，
我喊叫，"这世界和它阴森的际遇

"都不比它以往更有多大光辉之处，
我愿尊敬的一类能在老朽凋谢后
又在它不真实而易碎的镜面绘出

"新的形象"。"总有新的形象会上浮
在气泡上，你可以画，如果你想；
我们只是跟着我们前人的步子走，

"把我们的影子投在消逝的气泡上。
但是注意，那些往日伟人的幽灵
被拘锁在那凯旋车座后面的景况；

“伟大柏拉图有生而已死的那部分[1]
在赎他老师所不识的欢乐与悲哀，
支配他命运的曾是颗美好的星辰，

“久不开放天国之花的生活竟以爱
征服了他那颗黄金、痛苦、年岁，
怠惰或奴役都征不服的心灵和胸怀。

“他近旁走着两个人，[2]
老师和学生，追随那学生的王权
像一只链条锁着的兀鹰一样驯顺。

“他的一臂便能使世界笼罩于黑暗，
他是名声从许许多多的征服者之中[3]
单挑出来的为她携带雷霆的孽变；

① 柏拉图（Plato，前 427—前 347）：古希腊哲学家，著有《理想国》等；他的老师是苏格拉底（Socrates，前 469—前 399），也是古希腊哲学家，强调美德即知识，有时认为禁欲克己就是“善”。

② 此处为原稿留下的空白。据译者揣测，老师（见下页）可能指塞涅卡（Lucius Annaeus Seneca，约前 4—65）：古罗马哲学家、戏剧家。尼禄为王储时的导师，即帝位后的大臣，最终被尼禄勒令自尽；学生可能指尼禄（Nero Claudius Caesar，37—68）：古罗马皇帝（54—68），执政前期，很像个有道明君，多行仁政，后期以荒诞、残暴著称，弑母、杀妻、赐死老师，终致叛乱蜂起，途穷自杀。

③ 名声不等于荣誉，是中性词，有好坏两种可能。

“那另一个历经战争和灾祸而长存，
在人们的思想上处位至尊，一直
握紧钥匙，守住真理的永恒之门，

“如果培根那雄鹰般的精神不曾似[1]
电光冲破黑夜——他逼迫那自然
从沉睡中唤醒它变化无常的形体，

“引导他前往它的洞穴，洞穴里面
封藏着它统治领域内的各种秘密。
再看古代伟大的歌手，他们和缓

“他们所唱的激情，从他们的歌声里
可以清楚地知道，那不朽的旋律
至今仍能以它自己适当的感染力

“引起受感染者的共鸣——而我却
在为我所写的受罪或更惨的痛苦！
我的话语含有能引起不幸的原素——

① 培根（Francis Bacon，1561—1626）：英国哲学家，被誉为“英国唯物主义和整个现代实验科学的真正始祖”。

"更像是别人的而不是他们的创作"。
这时，他又用手指向一群人指去，[1]

我从中很快就认出了恺撒罪恶的[2]
继承人们，从他直到君士坦丁大帝，[3]
那些暴虐的首领曾以他们的暴力

和阴谋陷阱建立了许多君王世系
并且到处传播黄金和腥血的灾难：
格列高利和约翰，和神圣的人杰，[4]

① 这一节，原稿只有两行。

② 恺撒（Caius Julius Caesar，前100—前44）：古罗马统帅、政治家和作家，历任财务官、监察官、祭司长、大法官等职；在山南高卢总督任内征服高卢（法国）余境、攻袭日耳曼、入侵不列颠，掠夺财富和奴隶无数，势力渐大，在进军埃及转战小亚细亚经北非返回罗马后，自公元前46年起建立独裁统治，集执政官、保民官和独裁官等大权于一身，前44年，被民主派贵族阴谋刺杀。

③ 君士坦丁大帝（Flavius Valerius Constatine，约280—337）：古罗马皇帝（306—337），统一了帝国全境，加强了中央集权，承认基督教合法，并使之成为帝国的统治工具，330年迁都于拜占庭，命名该城为君士坦丁堡。

④ 格列高利：当指格列高利七世（Gregory Ⅶ，约1020—1085），罗马教皇（1073—1085年在任），主张教皇权力高于一切，不仅可以任命主教，而且有权废黜君主，为了与神圣罗马帝国皇帝亨利四世争夺主教叙任权，曾革除亨利教籍（1076），但是后来亨利进占罗马（1084），格列高利南走，死于萨勒诺；约翰（Saint John）：《圣经》人物，有两个，一个是为耶稣施行洗礼的，一个是耶稣的门徒，相传施洗约翰因反对希律王而被杀；使徒约翰，相传因传播基督教被罗马皇帝尼禄杀死。

像影子一样崛起在人和上帝之间；
以至那种掩蚀体，一直高悬在天上，
终于被他们脚下的世界崇拜礼赞，

代替了被它扑灭了的真正的太阳——
“他们被给予力量，只是为了破坏”，
指引人回答，“我却属于创造者一行，

“即使创造的只是个痛苦的世界。”
“你来自何处？”我说，“要往何处走？
你的路程怎样开始，又所为何来？

“我的眼睛看厌了这无穷尽的人流，
我的心在为一种可悲的思想苦恼——
请说！”“来自何处，我似乎还能够

“知道一些，是怎样由哪些途径衢道
落到这可怕的处境连你也能猜出；
为什么应该如此却非我所能知晓；

“更不必提征服者要把我赶往何处——
但是你可以跟下去，从旁观变成
这场灾难的演员或受害者，也许

“我就可以从你的见闻和所得教训
有所理解。请往下听：四月乍到，
当所有的树木都接触到阳春时令

“蔚蓝色的气氛，树梢上开始燃烧
耀眼的绿色火苗，我正躺在一处
高山的山脚，从何时起已不可考，

“那山已形成一个既高且深的洞窟，
从中缓缓流淌出一条优雅的小河，
清澈如明净的空气，宁静的水域

“浸着弯曲柔嫩的小草，不断滋润着
芬芳鲜花的根茎，并且充满森林
以奇妙的音响，谁听见谁就会忘却

“一切欢乐、一切痛苦、一切爱憎，
一切这宁静一刻以前所知的往昔；
一个入睡的母亲就不会再在梦中

“梦见她黄昏时死在怀里的独生子——
一个国王也就不致再为他的头上

被剥夺了王冠而悲痛得无休无止，

“而能静观盘桓在大洋上空的太阳
为他对手的新兴盛景再镀上黄金。
你也会忘掉徒劳无益地为病痛悲伤，

“忘掉不能从你自身找到疗救的病痛
忘掉没有别种入睡能够加以了结，
没有另样的美妙乐音能从记忆中

“消除的病痛念头，使人忘却一切的
魔力实在美妙；这样入睡以前
我是否生活过，是否有我想象的

“天堂和像我从中醒来哭泣的人间
一样冷酷的地狱，我都全不知情。
我起身，有一片刻，尽管是白天，

“树林和流水所在处却有一束光痕
仍然保存，那光比普通太阳倾泻
在普通大地的光更加明亮而神圣，

“到处都充溢着神奇的音响，那些

音响编织成的乐曲可以使人遗忘，
使知觉对流水和阴影都不复清晰；

“当我抬头四向张望，清晨的明光
无处不在，已从东方的洞穴流出，
在闪光如同黄金的泉水上，太阳

“灿烂的形象燃放光芒，射进全部
迷宫一样的森林和其中蜿蜒曲折
燃烧着碧绿火苗的那些林间小路

“在太阳中心，像太阳在他自己的
荣光炽烈处，在不断闪耀着光辉
不断颤动着的泉水上，立着一个

“明光的形体，她左手把雨露洒给
大地，仿佛她就是黎明，无形的
雨水不停地唱着一首银色的歌曲，

“降落在那长满了苔藓的绿色草地，
而在我前方隐约可辨的草莽上空，
彩虹，展开她那色彩绚丽的锦帔。

“她的右手握着一只精致的水晶瓶，
披着一袭用忘忧草编织成的斗篷；
当她从那既高且深的洞窟中穿行，

“她的脚掌落下时是那样轻巧灵敏，
甚至不会踏碎那明镜一般的水面，
她沿着明镜一般的水面向前滑行，

“每当她低下头去闪躲开黑色枝干，
秀发仿佛垂柳，轻拂流水的柔胸，
流水欢快絮语，情愿做她的枕垫。

“像一个为爱情陶醉的恋人在梦中
漂浮在盛开着睡莲的湖上，顺从
奇妙的音乐穿过银色的雾，那形影

“似乎时而用她吻着浪花的脚走动，
踏着水波，时而，顺着吹皱水面
吹皱紫水晶般水面的风乘风滑行，

“时而沿着林木间朦胧朝晖的光线，
或是沿着一棵棵树下柔和的阴影；
她的双脚，永远顺从那持续不断

“树叶、波浪、滴水、小鸟和蜜蜂
唱出的歌声，总是合着一种清新
甜美的韵律运动，仿佛夏夜轻风

“从湖里托起一个金色的晶莹形影，
在两块岩石之间迎着初升的月亮
凌风舞蹈，在雄鹰飞不到的上空；

“而且她的双脚，也有神奇的力量，
不亚于美妙的音乐，似乎边走边抹，
抹去了注视着她脚的那人的思想；

“转瞬间一切景象都似乎不曾有过，
注视者的一切心思都被抛撒在地
成为她脚下的灰烬，她逐个逐个

“把那些思想的火花踏入死的尘灰；
像白昼从东方的大门口逐一踏灭
夜的灯盏，直到黑暗倦退的气息

“使苍天明亮的眼睛，连那最小的，
又重新开启：她来临，就像白天，

使黑夜化为幻梦；当她尚未停歇，

“像一个人，尚在欲望和羞耻之间
犹豫，我说——如果，你就确实
像你看上去的那样，来自某一片

“没有名称的远方，来到这永远是
梦的山谷，请告诉，我来自何处，
现在何处，为何不随那流水消逝。

“起来，解一解你的渴，是她的答复
像一朵紧闭的睡莲被带露的清晨
那支具有活命魔力的魔杖所接触，

“我起身！听从她悦耳的命令俯身，
用焦躁的嘴唇去迎她端着的酒杯，
突然，我的头脑，仿佛已经变成

“沙滩，那里，第一度来潮的海水
已经把荒凉拉布拉多[1]的鹿群蹄印
冲刷殆尽，他们逃避的凶猛兽类

---

① 拉布拉多：通常指加拿大大陆东北部，贫瘠而荒凉。

“豺狼，在岸边的足迹却依旧分明，
留待潮汐再一次冲洗；于是我眼前
便显现一幅前所未见的全新图景，

“那美好的形影，在强光中，逐渐
退隐，像沉默无声的星辉从晨星
一层层褪落在黎明宝石绿的天边，

“当朝阳尚未染红远处山峦的峰顶；
也像那颗最美的行星，虽然已望
不见，有种人仍能感觉她的踪影，——

“他希望他的一天路程结束时能像
开始时一样沐浴着那颗星的笑容，
那星光就像晚风吹拂的水仙花香，

“也像那布雷西亚[1]牧羊人在哀歌中
咏唱的旋律，或是这样一种爱抚——
能使他困倦的睡眠变成满足的梦：

① 布雷西亚：在意大利北部亚平宁山麓。

“所以我知道那过强的明光照射处
仍有那形影继续在沿着河流滑行，
像白日梦幻，却又更为隐约、模糊；

“像睡乡一个已被忘却形象的幽灵，
当我继续沿着荒凉原野向前迈步；
一束天光，以它几乎熄灭的微明

“射入我们在其中醒来哭泣的冷酷
白昼，永远寻找，永远不见踪影；
那形影就这样沿着模糊不清的路，

“在我一旁像沉默的鬼魂伴我同行；
但是新的图景，寒光凛冽的车乘，
以庄严的速度，惊心动魄的声音，

“穿过森林，仿佛刚从可怕的战争
胜利归来，高声呐喊的万千人众
狂热地颂扬她那一颗星星的幸运。

“一座行进着的凯旋门拱，那彩虹
以它朱红、碧绿、蔚蓝色的翎羽
建造在她那御风而行的凉亭上空，

“而在下方，则以非凡的华彩披覆
荒原，远在她的前方是浩浩荡荡
华光的暴风之流，这一光流禁阻

“树叶和石头的阴影下投，这强光
照射处，那人群似骷髅在阳光下
跳舞：有些，在为沙漠中的草场

“单调的绿地增添色彩的绚丽鲜花
新编织成的锦绣地毯上纵情嬉戏，
忘却了正在飞速向前行进的战车；

“有些，在站着观望，直到被那一
如山的车影吞没，在强光下暗淡，
有些，比战车更快捷；还有一些

“围绕它形成圆圈转动，就像蓝天，
大气的海洋，云朵围绕月亮游泳；
更多的，跟在战车后的俘虏后面，

“跟在他们后面高声大唱狂热歌颂；
但是，全像是洪水漩涡中的气泡，

最终都汇入同一条轨道，被浪涌

“裹带着前进——我，也被这人潮
所裹带——我，最美的花朵不长久，
我，不是影子，也不是离群孤岛，

“我，不是那条河流令人遗忘的歌，
我，不是凭借河水流动而行动的
那前一个形影的幽灵——是洪流

“中的一个，我投身在那十分稠密
汹涌的活人洪流，并把我的心胸
袒露给那寒光却太快就成了残废。

“就在那一乘战车正准备开始攀登
那神秘谷地对面陡峭山坡的时刻，
我看见了值得那一位写诗的奇景，[①]

“他，曾经从地狱的最底一层开始
在恬静的爱引导下，历经各层天国
和所有的荣光，然后又回到人世，

---

① 那一位：指但丁（Dante Alighieri，1265—1321）：意大利诗人，他的代表作《神曲》分《地狱》《炼狱》《天国》三部。

“叙述恨与敬畏的见闻，关于万物，
除了爱，全都会畸变的奇妙故事；
耳聋如海的头发，也会由于愤怒

“变白，世人听不见能感动一颗星的，
乐音，那星的光是仁爱者的乐曲——
这样的奇景值得那位诗人写作成诗。——

“影子挤满了树林，直到林木深处，
大地变得灰，由于幽灵遍布，
晦暗的形影充斥空间，成群飞舞，
“似赤道阳光下一大片吸血的蝙蝠，
不待黄昏降临便给某个印度小岛
带来奇异的黑色夜幕；于是到处

“全都是影子；有些还向后投出了
影子的影子，却已不像他们自己，
有一些像是试飞的雏鹰仍然幼小，

“在白炽的强光中消失，有些好像
林妖，以难以想象的舞姿舞蹈在
阳光下的河流、绿草如茵的岸上

“有些像猿猴，叽叽呱呱坐在一块，

在普通人们的手上……[1]
有些把帝王披风和貂皮帽子拿来

“做成一只摇篮，有些，像是兀鹰
卧在教皇的三重冕上；另有一些
在那能把一个帝国加给一名幼婴

“或一个白痴的皇冠下面恣情嬉戏
而且把它当成巢穴。老朽的僵尸[2]
在魔鬼翅膀的荫庇下哺育着后裔，

“从他们僵死的眼睛里流露出笑意，
要重新收回已被委派出去的权力，
那些虫豸就披着这权力称王称帝，
“而使得人世成了他们的停尸场地。
另外一些，比较谦卑，好像猎鹰，
停在普通人的手上，有时也飞起

“盘旋在他们的头顶；或是像蚊蝇，
像黄昏沼泽的雾一样稠密，簇拥
在律师、神父、政客和理论家们

① 原稿如此。
② 指陈旧的信条和体制。

“头颅四周，还有一些，仿佛空中
失去颜色的雪花，在最美的秀发
和最有光泽的胸脯上落下，最终

“被他们所扑灭的青春之光所熔化，
还有一些像眼泪，他们成了那些
伤心哭泣者的面纱，我终于明白

“这样污染了我们所走道路的形体，
来自何方；每隔短短的一段时间
每一形体上的美，就会逐渐消失，

“从每一最健壮的肢体最美的容颜，
力量和鲜艳便会似尘土落地，而后
行动和形态不再具备生命的完满

“品质，青年们大理石雕似的额头
由于烦恼而坼裂，在闪现过美梦
和希望的眼睛里，欲望像失去最后

“幼崽时眼看它死去的母狮；群众中
人人都在不断地生发出这些影子，
像秋日的黄昏时分，白杨树被风

“吹落下无数枯萎的落叶，初开始，
各有各的形象，而且，彼此相似，
但是不久便失去原状，就仿佛是

“无定形的云随风塑造容貌和姿势；
而用这种材料，车上有创造力的光
制造了所有那些忙碌的幻影，恰似

“太阳造就那白云的形态；就这样，
一张又一张面具从所有人的面孔
和躯体落到路上；早在一天的时光

“老去以前，像天堂的一瞥，唤醒
遗忘之谷熟睡者的欢乐便已死亡；
有些会由于跳恐怖的舞筋疲力尽，

“而倒下，就像我这样，倒在路旁；——
那些有最多的影子最快地离去的，
就只能有最少的力和美留在身上。

“那么，生命是什么？我高声质疑。”——

（1822 年 5 月下旬至 6 月下旬）

后　记

今年，1992 年，适逢雪莱诞生 200 周年，为了纪念这位伟大的英国浪漫主义诗人，从年初起，世界各地便展开了各种活动，10 月，我国学者、诗人和翻译家，也在北京举行了隆重的学术讨论会，我有幸主持了这次纪念集会。

讨论会是中国社会科学院和中国人民对外友好协会联合召开的。吕同六致开幕词后，冯牧和英国驻华大使馆文化参赞钟思恩相继讲话，王佐良、周珏良、袁可嘉、郑敏、孙家新、西川、陆建德等宣读论文。

卞之琳虽然未能到场，但是委托我代念了书面发言。

出席者除社会科学院和对外友协领导，还有屠岸、孙绳武、牛汉、金坚范、张炯、杨匡汉、丁守和、杨天石、耿云志、金发、顾子欣、李文俊、王逢振、董衡巽、卢永福、杜运燮、林莽、傅浩、张颐武、赵毅衡和虹影等等，以及雪莱作品的已故翻译家杨熙龄的夫人李佩华。

高莽为纪念会绘制了巨幅雪莱像：《西风颂》。

专程来京的杨德豫带来了湖南文艺出版社所出我译的《雪

莱抒情诗选》纪念版，王伟明分赠了载有纪念特辑的香港《诗双月刊》。

这是我国为纪念和研究雪莱而举行大型学术活动的第一次，也是今日我国文化界一时的盛事。

应该特别郑重记一笔的是，我敬爱的业师周珏良在会上的学术报告竟成了绝响，一周后，他便突然结束了为我国外国文学教学和研究做出杰出贡献而勤奋工作、诲人不倦的光辉一生——愿我师英灵永不泯灭。

雪莱是伟大的语言艺术大师和思想家，对他的研究很难说够；他的诗作是世界文学宝库中的珍品，要以任何另一种语言译出与原作相称的译文，必须经历持续不懈的精益求精的追求，而且，只能是一个不断完善的过程。

我译的《雪莱诗选》于1980年出版不久，我便希望能有机会加以修订和增订，而现已印行12次、43万余册，如今要出《精选》本，正好是可以动点手术的时候。目前这个版本，就是那个旧译的修订和增订本。

细心的读者会注意到，我对部分译文的修订，有些涉及形式，有些涉及内容。例如《云》，在新版中，我为再现原作单数行的行内韵做出了努力，在少数未能准确做到行中与行尾同韵的场合，也尝试着以汉语的声韵手段增强了行内音乐性。而《西风颂》，则对第五节的两行略加改动，以做到和原作各节

ababcbcdcdedee 的韵式完全一致。涉及内容部分，则如《西风颂》中“by the incantation of this verse”，我不再译作“凭借这韵文写就的符咒”，而且改译了《致拜伦》这首十四行，对“the worm beneath the sod may lift itself in homage of the god”也有了不同以往的理解。

至于增订，主要是增加了新译的一首长诗，雪莱一生最后一首未能完成，已被视为杰作之一，而迄今尚无汉译本的 544 行《生命的凯旋》，和几首新译的短诗。同时，还收入了我相信对于理解雪莱其人其诗大有帮助的世界名著，丹麦文学评论家布兰兑斯所写《19 世纪文学主流》有关雪莱一章，和英国学者、雪莱专家霍姆斯著《追求：雪莱评传》最后两章的译文。布兰兑斯的《雪莱评传》是一篇充满激情，论说精辟的出色导读；霍姆斯的《陨落前后》恰恰又弥补了他未能论及《生命的凯旋》之憾，对这首长诗作出了学术质量很高的解析。

但是，在增订之余，也抽去了几篇，以示此版确系《精选》。

《疯子雪莱，不信神的雪莱》，是我为香港《诗双月刊》写的一篇纪念文章，权录以代序。

这个版本对旧译所做的修订和增订，显然，只要我还活着，都不可能是最后，只不过是在追求一个崇高目标道路上又迈出的严肃一步。

江　枫

1992年12月于北京昌运宫